Manfred Hoffmann

Hasardeure der Wildnis

Manfred Hoffmann

Hasardeure der Wildnis

Bibliografische Information der Deutschen Nationalbibliothek: Die Deutsche National-bibliothek verzeichnet diese Publikation in der Deutschen Nationalbibliografie; detail-lierte bibliografische Daten sind im Internet über dnb.dnb.de abrufbar.

Verlag: BoD · Books on Demand GmbH, In de Tarpen 42, 22848 Norderstedt, bod@bod.de
Druck: Libri Plureos GmbH, Friedensallee 273, 22763 Hamburg

ISBN: 978-3-8391-2000-2

Alle Personen und Unternehmen in dieser Geschichte sind frei erfunden.   Jede Ähnlichkeit mit wirklichen Personen oder Unternehmen ist Zufall.

Widmung

Das Buch ist meiner Frau, meinen Kindern und meinen Enkelkindern gewidmet.

Dank

Für ihre große und geduldige Hilfe und Unterstützung gebührt mein besonderer Dank meiner Schwester, sowie meinen Freunden Dr. Ulrich Mösta und Dr. Reinhold Stapf.

Inhalt

Einband: Typische „Tienda" an einer Piste in den Llanos, Kolumbien
Rückseite: Zebu Herde in den Llanos

Schrecken

Rüttelnd und schwankend folgt der Geländewagen der endlosen Piste durch die einsame tropische Wildnis. Geschickt lenkt ihn Alfonso über Bodenwellen, an Löchern, Termitenhügeln und anderen Hindernissen vorbei. Konzentriert. Schweigend. Paul kämpft auf dem Beifahrersitz vergeblich mit der Müdigkeit. Das monotone Motorgeräusch hat ihn gerade fest einschlafen lassen, als Alfonso ganz plötzlich stoppt. Paul schreckt wieder hoch. Als er die Augen öffnet, glaubt er immer noch zu träumen. Ein Mann mit wirrem Bart und einer langen Narbe im Gesicht blickt ihn durch die Scheibe des Autofensters finster an. Mehrere bewaffnete junge Männer umringen das Fahrzeug. „Ein Retén, eine Straßenkontrolle. Mal sehen, was die von uns wollen." Alfonso sieht sich entnervt um. Die Männer tragen zerschlissene Uniformen. Höchst unmilitärisch haben manche Gummistiefel, andere uralte Sportschuhe an. Auch die Kopfbedeckungen variieren offenbar nach persönlichem Geschmack jedes einzelnen von olivfarbigem Tarnhut bis zur Baseballkappe. Ihre Gesichter wirken hart und verschlossen. „Die sind wohl eher von der Guerilla als vom Militär", murmelt Alfonso nun deutlich besorgter. „In jedem Fall ist mit denen nicht zu spaßen." Paul weiß nicht, ob Alfonso Selbstgespräche führt, oder ihn leise warnen will.

Der harsche Ton einer schneidenden Stimme macht jedoch jede Warnung, die Männer ernst zu nehmen, überflüssig. „Stell den Motor ab und steig aus." Gehorsam tut Alfonso, wie ihm befohlen. Totenblass stellt sich Paul zu ihm. Drei der Uniformierten überprüfen die Ausweise und durchsuchen das Gepäck. Der Mann mit der Narbe spielt gelangweilt mit seiner Waffe. Beklommen verfolgt Paul, wie ihr Lauf dabei immer wieder genau in seine Richtung zeigt. „Wohin fahrt Ihr?" „Auf eine *Finca*[1] ", lautet Alfonsos knappe, trockene Antwort. „Welche? Wo?" Die Miene des Fragers verhärtet sich sichtbar. Während Alfonso beschreibt, wo die *Finca* liegt, kommt einer der Männer auf Paul zu. „Trägst du eine Waffe, *Gringo*[2] ?" „Nein, ich habe keine. "Umdrehen! Beide Hände auf das Auto!" Nervös befolgt Paul seinen Befehl. Er wird sorgfältig abgetastet. „Euch kann man nicht trauen. Was tust du hier?" „Ich bin zu Gast." Spöttisches Gelächter. „Gast, hier draußen in der Wildnis? Du solltest dir was Besseres einfallen lassen." „Ich habe ihn eingeladen, mich zu begleiten, damit er etwas von Kolumbien kennenlernt", kommt Alfonso Paul zu Hilfe. Doch brutal schneidet der Mann ihm das Wort ab. „Ich rede mit dem Gringo, nicht mit dir! Nach zwei, drei Nachfragen lässt er Paul stehen und schließt sich wieder seinen Kumpanen an. Auch die haben offenbar ihr Interesse an Alfonso und ihm verloren. „Wartet hier, bis wir wissen, was mit euch geschehen soll!" Die Männer wenden sich anderen Dingen zu und lassen sie unbeachtet zurück.

Paul und Alfonso setzen sich in den Schatten eines Baumes. Selbst dort empfindet Paul die Hitze als unerträglich. Vielleicht ist es aber auch der Angstschweiß, der ihm auf der Stirn steht. Ihnen bleibt nichts anderes übrig, als geduldig auszuharren. Wer immer diese Leute sind, sie sind ihnen schutzlos ausgeliefert. An eine Flucht ist nicht zu denken. Wohin sollten sie sich wenden? Wer sollte ihnen hier helfen? Weit und breit gibt es keine Siedlung. Schon in den letzten zwei, drei Stunden auf dem Weg hierher sind sie an keiner Finca mehr

---

1 Kleiner Landbesitz, Bauernhof
2 Etwas despektierlicher Ausdruck für US-Amerikaner, manchmal auch Ausländer

vorbeigekommen. Nicht einmal eine einsame Hütte war zu sehen. Weit und breit nur endlose Wildnis.

„Das sind bestimmt keine Soldaten, auch wenn mir das einer von denen weismachen wollte. Das Militär würde sich anders verhalten und uns nicht ohne Grund hier festhalten", flüstert Alfonso. Seine Wut ist unüberhörbar. „Wenn das keine Soldaten sind, was dann?" „Vermutlich Guerilla." „Und was können die von uns wollen?" „Keine Ahnung. Mich macht stutzig, warum die mich so intensiv nach meiner *Finca* befragt haben, obwohl ich selbstverständlich mit keinem Wort erwähnt habe, dass ich der Eigentümer bin. Vielleicht wollen sie dennoch Geld erpressen." „Wie denn?" „Ganz einfach, sie setzen mich hier irgendwo fest, bis ich bezahlt habe, was sie verlangen. In diesem Falle hoffe ich nur, dass die wenigstens Sie laufen lassen." Alfonso zündet sich eine Zigarette an. „Tut mir leid, dass ich Sie in diese Lage gebracht habe." „Unsinn. Ich habe doch selber entschieden mitzufahren."

Die Zeit vergeht und es geschieht nichts. Schweigend sitzen sie da und warten. Alfonso starrt vor sich hin und schlägt immer wieder nach den Mücken, die ihn als besonders begehrtes Opfer auserkoren haben. Ein leichter Windstoß wirbelt den Sand auf und spielt mit einem vertrockneten Zweig. Doch die erhoffte Abkühlung bleibt aus, denn er schläft gleich wieder ein. Paul wird von Minute zu Minute nervöser. In seiner Fantasie malt er sich bereits verschiedene Horrorszenarien aus. Gefangener der Guerilla in der wilden Einöde irgendwo in Kolumbien! Je länger er Zeit zum Nachdenken hat, desto mehr wächst seine Furcht nicht nur vor den Männern, die sie hier festhalten, sondern auch vor der ihm fremden und feindlich wirkenden Umgebung. Doch es gibt kein Entkommen mehr. Er kann jetzt nur noch auf sein

Glück vertrauen und hoffen, dass er einigermaßen ungeschoren davonkommt.

Er muss auf einmal an seine Frau denken. „Kolumbien? Das ist doch ein schreckliches Land!" Bleich und mit weit aufgerissenen Augen hatte Anne ihren Mann angeblickt als er ihr erklärte, dass er für sein Unternehmen ein paar Tage geschäftlich nach Bogotá reisen soll. „Drogenhandel, Guerilla, Kriminalität, Gewalt! Musst du wirklich dorthin?" Tränen flossen über ihr Gesicht. „Das kann man von dir nicht verlangen. Du kannst dein Leben doch nicht für die Firma aufs Spiel setzen." Aufgelöst verließ sie den Raum. Er folgte ihr in die Küche. „Rege dich nicht auf, es wird schon nicht so schlimm werden. Ich bin doch nur ein paar wenige Tage dort", versuchte er sie zu trösten. Verzweifelt begann sie, ein paar Gläser abzuwaschen. Wie gewohnt hielt sie dabei jedes Glas gegen das Licht, um zu prüfen, ob die letzten Schlieren wirklich verschwunden sind. Noch gründlicher als sonst putzte und wischte sie alles bis in die letzte Ecke blitzblank. Doch was sie auch tat, es gelang ihr nicht, sich abzulenken. Auch als sie zu Bett ging, hörte Paul sie im Bad noch schluchzen. Bis zu seiner Rückkehr wird sie schlaflose Nächte haben.

Schon wenn er ab und zu kurz in Deutschland oder einem Nachbarland unterwegs war, war sie jedes Mal nervös und atmete tief auf, wenn er zurückgekehrt war. Dabei wurde sie nicht nur von der Sorge um das Wohl und Weh ihres Mannes getrieben. Es war auch die Furcht vor allem Ungewohnten, Ungewissen, vor jedem Risiko. Eine Furcht, die schon ihr Elternhaus nachhaltig geprägt und sich daher auch tief in ihr Inneres eingegraben hat. Von klein auf hatte man ihr beigebracht, sich stets eng an die vorgegebene Ordnung oder die gewohnten Regeln zu halten und jede Veränderung der üblichen Abläufe, falls irgend möglich, streng zu vermeiden.

Immer wieder hatte man sie ermahnt, sich niemals ohne Not auf etwas Unkalkulierbares einzulassen. Die Vorstellung, dass Paul nun in ein fernes und gefährliches Land reisen sollte, verstieß gegen alle diese Regeln und war ihr daher unerträglich.

Daran gewöhnt nahm Paul das fatalistisch hin, so wie er es mit vielen anderen Geschehnissen um ihn herum auch gerne tut. Wollte man ihn beschreiben, würde es schwerfallen, etwas zu finden, was ihn besonders charakterisiert oder deutlich von anderen unterscheidet. Nicht groß, nicht klein, nicht besonders klug aber auch nicht dumm. Unscheinbar. Er liebt die Geborgenheit. Risiken versucht er zu vermeiden. Konflikten weicht er aus. Kein Held, aber ein netter Kumpel. Ein Durchschnittsmensch. Er selbst ist jedoch von seiner Einmaligkeit fest überzeugt. Sein Leben wird, wie bei so vielen, weitgehend von seiner Arbeit geprägt. Als fleißiger und gewissenhafter Buchhalter hat er es in seiner Firma zu einer anerkannten Position in der Controlling-Abteilung gebracht. Zu seinen Aufgaben gehört es auch, ab und zu in einer Auslandsniederlassung des Unternehmens nach dem Rechten zu sehen. Bislang war er aber nur in Europa unterwegs. Die Reise nach Kolumbien ist seine erste Reise nach Übersee. Gespannt hatte er daher auf die Reise gewartet.

„Hast du auch wirklich nichts vergessen? Was ist mit deinen Tabletten? Meinst du nicht, dass du noch einen wärmeren Pullover mitnehmen solltest?" „Liebling, ich fliege doch in die Tropen und nicht nach Alaska." „Ich habe gelesen, dass es in Bogotá auch sehr kühl werden kann, und ich möchte nicht, dass du dich auch noch erkältest." Wieder und wieder hatte sie besorgt den Koffer durchgesehen, ob auch wirklich nichts fehlt.

Schließlich war es soweit. Das Taxi zum Flughafen stand vor der Tür. Geduldig wartete der Fahrer im Wagen. Hätte er die bewegende Abschiedsszene im Haus miterlebt, wäre er sicherlich zu der Überzeugung gelangt, dass Paul zu einer monatelangen Urwaldexpedition aufbrach und die Wahrscheinlichkeit, lebend zurückzukehren, nur noch äußerst gering war.

Nach seiner Ankunft in Kolumbien hatte Paul einige emsige Arbeitstage im Büro seines Unternehmens in Bogotá verbracht. Aus der Stadt war er nicht herausgekommen. Als Alfonso, der Leiter der Landesgesellschaft, ihm von einer Finca seiner Familie erzählte wuchs sein Wunsch, wenigstens etwas vom Land zu sehen. Er erklärte ihm, sie läge jenseits der Anden in den *„Llanos"*, der tropischen Steppe, die sich im Osten bis nach Venezuela hinein erstreckt und im Süden in den Urwald des Amazonas übergeht. Weite einsame Wildnis, in der nur wenige Menschen leben. „Ich muss für ein verlängertes Wochenende dorthin. Wenn Sie Lust dazu haben, können Sie mich gerne begleiten. Allerdings ist das mit langer Fahrerei verbunden." Alfonsos Schilderungen von dem, was ihn dort erwartet, hatten zweifellos nach einem anstrengenden und riskanten Unternehmen geklungen. Dennoch hatte Paul leichtfertig zugesagt. Eine solche Chance, wirklich etwas vom Land zu sehen, wollte er sich nicht entgehen lassen. Er hatte damit eine schicksalhafte Entscheidung getroffen, die sein Leben völlig verändern sollte.

Schon als er nach langem Flug über den Atlantik zum ersten Mal die gebirgige Küste Südamerikas vor sich im Dunst erkennen konnte, war er fest überzeugt, dass ihn dort eine fremde, unheimliche Welt voller Abenteuer und Gefahren erwartet. Doch selbst in seinen kühnsten Träumen hatte er nicht gedacht, jemals in eine solche Situation zu kommen, wie er sie gerade erlebt. Gut, dass Anne nichts davon weiß. Was würde sie wohl tun, wenn sie an seiner Stelle stünde? Sicherlich wäre sie völlig verzweifelt. Angst, nein Panik würde sie lähmen. Sie wäre zu keiner vernünftigen Handlung mehr fähig. Er meint, ihre entsetzten und hilflosen Blicke vor sich zu sehen. Gut, dass nicht sie, sondern er das hier durchstehen muss, geht ihm durch den Kopf und er kommt sich dabei wie ein ritterlicher Held vor. Seltsamerweise nehmen diese Gedanken an seine Frau ihm jedoch ein wenig von seiner eigenen Furcht. Dass er selbst bisher eine kaum weniger jämmerliche Gestalt abgegeben hat, wie er sie seiner Frau andichtet, hat er nicht gemerkt.

In der Ferne ist ein Fahrzeug zu erkennen. Es zieht eine gewaltige Staubwolke hinter sich her. Langsam kommt es näher. Hilfe? Hoffnungsvoll versucht Paul, zu erkennen, ob das vielleicht ein Militärfahrzeug ist. Doch es ist ein Pick-up, wie er auf den Fincas hier oft zu sehen ist. Er hält, zwei Männer springen heraus und werden herzlich begrüßt. Einer von ihnen ist zweifellos der Boss. Jedenfalls deutet man auf die beiden Fremdlinge und berichtet ihm, was man über sie erfahren hat. Etwas abseits, sodass Alfonso und Paul sie nicht mehr verstehen können, wird dann wohl darüber beraten, was man mit ihnen machen will. Dabei sehen sie immer wieder zu Alfonso hinüber. Zu Pauls Verwunderung bleibt der dennoch erstaunlich gelassen. Schließlich scheinen die Männer zu einem Entschluss gelangt zu sein. Der Boss kommt jetzt zu ihnen hinüber. Als Paul seinen eisigen Blick sieht, glaubt er zu spüren, wie sein Herz aufhört zu schlagen. „Alfonso? Alfonso Cano?" „Ja, der bin ich." Auch Alfonso wird sichtbar nervöser.

„Ihnen gehört doch die Finca „La Añoranza[3] ?" Nunmehr totenbleich sucht Alfonso fieberhaft nach einer geeigneten Antwort. Doch ihm fällt nichts ein. „Ja. Warum?" Keine Antwort. Nachdenklich betrachtet ihn sein Gegenüber eine ganze Weile und sagt kein Wort. Jede Sekunde wird für Alfonso und Paul zu einer quälenden Ewigkeit. Endlich bricht er sein Schweigen. „Eigentlich wollten wir Sie um eine finanzielle Unterstützung bitten und Sie bis das Geld kommt als Gast bei uns behalten. Doch wir haben uns dazu entschlossen, es erst einmal bei einer kleinen Spende zu belassen. Ihr Besucher wird Ihnen dabei sicher helfen." Erleichtert ziehen beide rasch ihre Brieftaschen heraus und prüfen, wie viel Geld sie zusammenbekommen. „Ich hoffe das reicht Ihnen?" „Für den Moment schon." Alfonso hebt misstrauisch den Kopf. „Was meinen Sie damit?" Doch er bekommt wieder keine Antwort. Wortlos nimmt der Boss der Bande das Geld und geht zurück zu seinen Leuten. Er ist schon ein ganzes Stück entfernt, als er sich noch einmal umdreht. „Sie können übrigens weiterfahren!" Das lässt sich Alfonso nicht zweimal sagen. Bevor der Mann es sich womöglich doch noch anders überlegt, sitzt er wieder im Wagen und startet hastig den Motor. Paul hat seine Tür noch nicht geschlossen, als der Wagen auch schon losrast und in einer Staubwolke verschwindet. *Hijos de puta*[4] ." Im Rückspiegel beobachtet Alfonso die Straßensperre noch, bis sie außer Sicht kommt.

„Da haben wir wohl noch einmal Glück gehabt." Erleichtert atmet er auf. „Willkommen in der Wildnis! Um hier zu überleben, muss man immer wieder Glück haben. Sehr viel Glück." Schweigsam und in Gedanken versunken starrt er eine

---

3 Sehnsucht
4 „Hurensöhne", beleidigende Anrede

Weile auf die Landstraße vor sich. „Ich kannte so manchen, der das nicht hatte und der Wildnis gnadenlos zum Opfer gefallen ist." Nach kurzem Schweigen setzt er fatalistisch hinzu: „*Si te toca, te toca*[5], ", „Wenn es dich erwischt, dann erwischt es dich eben". Das klingt so, als ob er ahne, dass auch er sehr bald zu diesen Glücklosen gehören soll.

---

5 Kolumbianische Redewendung

Maria

Seit der unfreiwilligen Begegnung mit der Guerilla ist ihnen kein Auto mehr entgegengekommen. Die Piste führt durch die menschenleere tropische Steppe immer weiter nach Süden und sie nähern sich den Urwäldern Amazoniens. Langsam verändert sich die Vegetation. Die Buschgebiete werden häufiger und größer, Palmen und andere Bäume zahlreicher. Manchmal verzweigt sich die Piste und sie rätseln, welche die richtige sein mochte. An anderen Stellen ist sie plötzlich verweht und überhaupt nicht mehr zu erkennen. Ihnen bleibt nichts anderes übrig, als nach Kompass zu fahren und zu hoffen, irgendwo erneut auf eine Piste zu stoßen. Immer wieder müssen sie kleinere Flüsse überqueren und dafür eine geeignete flache Stelle suchen.

„Jetzt haben wir es gleich geschafft. Noch ein paar Kilometer und wir sind bei Maria." „Wer ist Maria?" „Eine tolle Frau! Lassen Sie sich überraschen." Vor ihnen taucht kurz darauf eine größere Hütte am Straßenrand auf. Sie ist von dichtem Grün umgeben, aus dem mehrere schlanke, hohe Palmen herausragen. Feuerrote Bougainvilleas ranken üppig über eine Mauer. Gesattelte Pferde stehen geduldig im Schatten eines großen Baumes. Die letzten Sonnenstrahlen lassen das idyllische Tropenbild noch ein letztes Mal aufleuchten, bevor alles in der Dämmerung versinkt. Unter einem verrosteten Vordach dienen drei Tische als Schenke. Mehrere Männer haben sich dort niedergelassen. Ganze Batterien von leeren Bierflaschen und *Aguardiente*[6] -Gläsern vor ihnen künden von beachtlichem Alkoholkonsum. Aus einem blechern klingen-

---

[6] Anisschnaps, kolumbianisches Nationalgetränk

den Lautsprecher dröhnen weithin hörbar die überall im Lande unvermeidbaren *Cumbias* oder *Vallenatos*[7].

Alfonso hält am Rande der Piste unweit der Hütte. „Es gibt zwar unzählige solcher *Tiendas*[8] überall an den Fernstraßen in Kolumbien, doch glauben Sie mir, Marias *Tienda* ist die beste von allen! Außerdem ist es von hier nicht mehr weit bis zur *Finca*". Auf der Fahrt hierher hatte Tom immer wieder Hütten am Straßenrand beobachtet, in denen nicht nur Getränke, Speisen und ein paar andere Dinge zum Verkauf angeboten werden, sondern wo auch ein paar Tische stehen an denen man ausruhen kann. In einigen dieser *Chozas*[9] kann man Reifen wechseln oder sogar kleine Reparaturen durchführen lassen. Vor allem solange sie noch die anstrengende Strecke durch die Berge der Anden gefahren sind, hatte Alfonso mehrfach an einer solchen Raststätte angehalten. Es soll jedoch nicht lange dauern bis auch Tom davon überzeugt ist, dass keine von ihnen mit Marias *Tienda* vergleichbar ist.

Lautes Gelächter und wildes Stimmengewirr empfängt sie. Als die Männer Alfonso sehen, steigt ihre Stimmung noch weiter. Er ist hier kein Unbekannter und wird johlend begrüßt. Durch den Lärm neugierig geworden, tritt nun auch die Inhaberin des Ladens aus der Hütte und schließt ihn freudig in ihre Arme. Paul, der bisher entspannt und amüsiert das Treiben um sich herum beobachtet hat, scheint plötzlich wie elektrisiert. Nun ist es nur noch Maria, die seine Aufmerksamkeit voll und ganz in Anspruch nimmt. Sie merkt das und schenkt ihm ein zauberhaftes Lächeln. Hingerissen kann er sich nicht mehr von

---

[7] In Kolumbien beliebte Musikrichtungen
[8] Eigentlich spanisches Wort für Laden
[9] Primitive Hütte

ihrem Anblick lösen. Er scheint ihr ebenfalls zu gefallen, denn auch sie dreht sich immer wieder nach ihm um. Man sieht ihr keinesfalls an, dass sie schon bald auf die Fünfzig zugeht. Ihr munterer, lebendiger Gesichtsausdruck, ihre aktiven Bewegungen und die schlanke Figur lassen sie deutlich jünger erscheinen. Ihr langes, schwarzes Haar hängt über nackten, braungebrannten Schultern ungezähmt, wild. Ein kurzes, restlos zerschlissenes Kleid betont ihren reizvollen Körper. Einst verführerische Schuhe sind so ausgetreten, dass es nur einem Wunder zugeschrieben werden kann, warum die zierlichen, hohen Absätze nicht längst abgebrochen sind. Trotz ihrer ärmlichen Kleidung strahlt sie eine geheimnisvolle Würde aus. Ihrer Anziehungskraft kann sich erstaunlicherweise niemand entziehen. Selbst bei den finstersten Gesellen von den *Fincas* der Umgebung genießt sie hohen Respekt und wird von zahllosen Verehrern unter ihnen umschwärmt.

Mit ihrem kleinen Laden versorgt sie die verstreuten *Fincas* in der Gegend mit den für den täglichen Gebrauch und zum Überleben notwendigsten Sachen. Reich wird sie davon nicht. Der Erlös genügt gerade für ein höchst bescheidenes Dasein. Das baufällige Gebäude ihrer *Tienda* besteht nur aus wenigen, dürftigen Lehmwänden. Ein Wellblechdach soll gegen Sonne und Regen schützen, doch wenn die Sonne brennt, wird es innen unerträglich heiß. Stürzen die starken tropischen Wolkenbrüche trommelnd auf das Dach, kann man sein eigenes Wort nicht mehr verstehen, dazu regnet es auch noch überall durch. Neben dem armseligen Verkaufsraum gibt es eine offene Kochstelle, dahinter durch eine morsche, löchrige Holztür notdürftig abgetrennt, Waschbecken, Klo und ein verbogenes Wasserrohr als Dusche. Drei oder vier karg eingerichtete Räume werden als Schlafplatz und Lager genutzt. Über wackligen Bettgestellen hängen verschlissene Moskitonetze.

Das Leben hier spielt sich vor allem vor der Hütte ab. Marias Kunden kommen nicht nur zum Einkaufen. Viel wichtiger ist den meisten, dort bei einem Bier den einen oder anderen von einer benachbarten *Finca* zu treffen und zu hören, was es Neues gibt. Aber auch für die Fahrer der wenigen Lastwagen, die auf ihren monotonen Reisen durch das endlose Nichts hier vorbeikommen, ist Marias *Tienda* ein beliebter Rastplatz. Meist sind es Viehtransporter, manche versorgen die Gegend mit allen möglichen Waren oder verdienen ihr Geld als Schmuggler. Andere Fahrzeuge verirren sich kaum hierher.

Der Umgang mit den rauen, ungehobelten Männern dieser Umgebung und den oft nicht weniger zartfühlenden oder dubiosen LKW-Fahrern von der Piste gehört sicherlich zu den besonderen Herausforderungen für Maria. Vor allem, wenn ihre Gäste auch noch zu viel getrunken haben. Um dieses Geschäft erfolgreich zu führen, bedarf es viel Ausdauer und Durchsetzungsvermögen. Mit den Lieferanten muss hart verhandelt und die überwiegend männliche Kundschaft bei Laune gehalten werden. Dabei weiß sie sehr wohl um die Macht ihrer weiblichen Anziehungskraft. So lässt sie es schon einmal zu, wenn ihr ein vereinsamter Fernfahrer den Arm um den Hals legt oder ein trunkener Viehtreiber geifernd in ihren offenen Ausschnitt starrt. Dennoch bleibt Maria stets sehr wählerisch, wenn es um intime Beziehungen geht. Sie versteht es meisterhaft, allzu gierig nach ihr greifende Hände souverän und erfolgreich abzuwehren. Im Laufe der Jahre hat sie gelernt, selbst mit den finstersten Gestalten genauso resolut wie geschickt umzugehen. Freiwillig hatte sie sich den Job gewiss nicht ausgesucht, doch er hatte sich seinerzeit als einzig mögliche Einnahmequelle angeboten.

Auch wenn Maria sich Im Laufe der Zeit daran gewöhnt hat, ist es natürlich auch alles andere als einfach, hier draußen in der abgeschiedenen Wildnis zu leben. In der Umgebung gibt es nur wenige menschliche Behausungen. Die nächste größere Ortschaft ist mehrere Autostunden entfernt. Auch um auf die umliegenden *Fincas* zu kommen, benötigt man viel Zeit und Mühe. Nur ein paar armselige Hütten an einem nahen Fluss etwas unterhalb der *Tienda* sind mit einem kurzen Fußmarsch zu erreichen. Über eine Abzweigung von der Piste können dort auch LKWs bis an das Ufer fahren. An einer Mole warten *Chalanas*, einfache Lastkähne auf die von ihnen bestellte Fracht. Fertig beladen fahren sie viele Tagesreisen flussabwärts in die Urwaldgebiete, um dort entlegene Außenposten oder *Indígenas*[10] mit lebenswichtigen oder anderen besonders begehrten Waren zu versorgen. Manche haben Waffen, Drogen oder anderes Schmuggelgut an Bord. In den spärlichen Unterkünften reisen auch Prostituierte zu ihren neuen Einsatzorten. So überrascht es niemand, wenn sich unter den Besatzungen und den Bewohner der Hütten am Fluss viele zwielichtigen Gestalten befinden. Einer von ihnen ist Carlos, ein verschlossener, etwas seltsamer junger Bursche, der für Maria ab und zu ein paar Arbeiten übernimmt. Paul hat ihn zwar nur ganz kurz gesehen. Dennoch hegt er instinktiv eine heftige Abneigung gegen ihn.

Mit Maria lebt ihre erwachsene Tochter Gloria. In diesem Milieu aufgewachsen und schon früh daran gewöhnt, in der sie umgebenen Männerwelt vor allem Objekt der Begierde zu sein geht sie damit sehr freizügig um. Mit frivolem Auftritt und aufreizender Kleidung gibt sie deutlich zu erkennen, dass sie

---

[10] Indianische Ureinwohner

den männlichen Gästen besonders zugetan ist. Gemeinsam mit ihrer Freundin Laura ist sie für jede Party zu haben. Laura ist etwas älter als Gloria. Sie wohnt unten am Fluss und lebt davon, sich den Besatzungen der vorbeikommenden Boote anzubieten. Ab und zu geht sie auch in der *Tienda* auf Kundenfang. Maria betrachtet das zwar argwöhnisch, duldet es aber, da es unübersehbar den Umsatz fördert. So sehen manche in ihrer *Tienda* auch ein zwielichtiges Etablissement oder gar Bordell, was aber ihrem Ruf und dem Geschäft nicht abträglich zu sein scheint.

Dass es Maria trotz zahlloser Widerstände dennoch gelungen ist, den Laden mit der Schenke als den beliebtesten Begegnungsort weit und breit zu etablieren, ist nun ihr ganzer Stolz. Sich damit sogar über Jahre so erfolgreich gegen zahllose Hindernisse, Wettbewerber, Neider oder Feinde zu behaupten, dürfte nur wenigen gelingen. Wagemutig, dazu attraktiv und exotisch, Paul ist von ihr fasziniert. Noch nie ist er einer so aufregenden Frau begegnet.

Sehnsucht

„Hey Alfonso! Gloria hat schon ungeduldig auf dich gewartet. Sie ist unten am Fluss. Eigentlich müsste sie jeden Moment zurück sein." Eifrig sorgt Maria für Nachschub von Getränken. „Nur mit der Ruhe. Vor Einbruch der Dunkelheit können wir die *Finca* ohnehin nicht mehr erreichen. So bleibt es sich gleich, wann wir weiterfahren." Gelassen wendet sich Alfonso wieder seinen Kumpeln zu. Glücklicherweise hat Paul vor längerer Zeit etwas Spanisch gelernt. Auch wenn er nicht allzu viel von der Unterhaltung der Kolumbianer versteht, weiß er so wenigstens, worum es dabei geht. Mit zunehmender Sorge verfolgt er, wie Alfonso sich zu immer neuen Aguardientes einladen lässt. *„Otro trago, hermano?" „Claro, que si!"* „Noch Einen, Bruder [11]?" „Aber klar doch." Alfonso hat ihm zwar bedeutet, dass er auf Gloria wartet, doch Paul weiß weder wer das ist, noch warum. Ungeduldig hofft er darauf, dass sie aufbrechen, bevor Alfonso völlig betrunken ist. Schließlich steht Ihnen noch eine schwierige und riskante Nachtfahrt bevor. Sie müssen hier die Piste verlassen und sich ab jetzt ihren eigenen Weg querfeldein durch die Wildnis zu ihrem Ziel suchen.

Es vergeht eine weitere Stunde, bis jemand aus der Dunkelheit auf die Hütte zugelaufen kommt. Eine junge Frau tritt in das spärliche Licht um die Tische. „Gloria! Na endlich. Ich dachte schon eine *Tembladora*[12] hat dich erwischt." Alfonso ist aufgesprungen und nimmt sie fest in seine Arme. Doch sie stößt ihn zurück und blickt ihn verärgert an. „Und du hast in

---

[11] Hermano = Bruder
Wird in Kolumbien gerne als vertrauliche Anrede für Freunde gebraucht
[12] Flussfisch, der elektrische Schläge mit tödlich hoher Volt-Zahl auslösen kann

der Zwischenzeit mal wieder reichlich getrunken!" „Seit wann stört dich das?" Mit einem kräftigen Ruck zieht er sie wieder an sich und küsst sie stürmisch. Sie lässt es nun geschehen und erwidert schließlich seine Leidenschaft. Dabei halten sie selbst die Zuschauer in keiner Weise mehr von obszönen Handlungen ab. Endlich löst sie sich von ihm und eilt in die Hütte. „Ich hole nur noch schnell meine Sachen." Kurz darauf ist sie mit einem Beutel zurück und klettert auf die Rückbank von Alfonsos Geländewagen.

Höchst überrascht begreift Paul erst jetzt, dass Gloria Marias Tochter ist und Alfonso auf die *Finca* begleiten wird. Erstaunlicherweise scheint ihre Mutter das nicht besonders zu stören. Offenbar hat sie sich an den lockeren Lebenswandel ihrer Tochter längst gewöhnt. Paul hat mit Vielem gerechnet, aber nicht damit, dass sein Kollege das Wochenende hier mit einer *Amante*, einer Geliebten, verbringen will. Noch dazu mit einer, die wesentlich jünger ist als er. Erst vor zwei Tagen hat er ihm in Bogotá seine Ehefrau vorgestellt und dabei den perfekten Ehemann gespielt. „Sorry, ich hoffe, Sie haben nichts dagegen wenn Gloria mit uns kommt, aber wir können uns nur selten sehen." „Kein Problem." „Vielleicht hätten Sie auch gerne eine Begleiterin mitgenommen. Ich habe es leider versäumt, Sie danach zu fragen." „Nein, nein, schon gut."

Mühsam wankt Alfonso zu seinem Wagen und lässt sich in den Fahrersitz fallen. Für einen Moment sackt sein Oberkörper auf das Lenkrad, und es sieht so aus, als würde er in dieser Haltung gleich einschlafen. Mit einer heftigen Kraftanstrengung reißt er sich jedoch wieder hoch. Paul ist entsetzt. So werden Sie wohl kaum sehr weit kommen. „In diesem Zustand können Sie unmöglich fahren. Sie haben heute ohnehin schon viel zu lange am Lenkrad gesessen. Wir müssen hier irgendwo übernachten", drängt er inständig.

„Unsinn! Je mehr Alkohol ich getrunken habe, desto besser kann ich fahren". Sein Lallen ist unüberhörbar. Laut lachend fügt er noch hinzu: „Außerdem kennt das Auto den Weg von alleine!" Paul überlegt fieberhaft, wie er verhindern kann, dass Alfonso tatsächlich losfährt. Soll er ihn mit Gewalt aus dem Fahrersitz ziehen? Würde Gloria ihm dabei helfen? Während Paul noch unschlüssig verharrt, startet Alfonso den Motor. Doch das Schicksal kommt Paul zu Hilfe. Der Motor springt nicht an. Alle weiteren Versuche scheitern. Wütend klettert Alfonso aus dem Auto, um nach der Ursache zu suchen. Er zerrt an Schläuchen und Kabeln. Dabei schlägt er mit dem Kopf gegen eine Ecke der offenen Motorhaube. Wild fluchend findet er schließlich den Grund. Ein oder zwei Zündkerzen versagen unerbittlich ihren Dienst. Bis sie Neue im nächsten Dorf beschaffen können sitzen sie hier fest. Alfonso muss sich geschlagen geben. „Also bleiben wir heute Nacht hier." Paul atmet erlöst auf. Gloria ist hingegen tief enttäuscht. Missmutig hatte sie schon verfolgt, wie Alfonso immer weniger Herr seiner Handlungen wurde. Als er sich nun wieder setzt, um seine Frustration mit noch einigen weiteren Gläsern *Aguardiente* zu bekämpfen, reißt ihr endgültig der Geduldsfaden. „Was soll ich mit einem versoffenen Kerl wie dir anfangen? Mach doch was du willst, aber ohne mich!" Verblüfft sieht Alfonso ihr mit glasigen Augen nach, als sie wütend verschwindet. „Weiber! Wo bleibt der *Aguardiente*? Die Flasche ist ja schon wieder leer... "

Weit und breit gibt es nur eine einzige Herberge in der sie übernachten können. Sie liegt am Ufer des nahen Flusses von dem Gloria hergekommen ist. Mühsam folgen Paul und Alfonso dem schmalen Pfad dorthin. Er führt durch dichten Busch. Es ist stockfinster. Alfonso stolpert ständig über Wurzeln oder Bodenlöcher, hält sich aber dennoch erstaunlich gut auf den Beinen. Selbst ohne den Alkoholspiegel seines Gefährten muss auch Paul sehr aufpassen, um nicht zu stürzen oder vom Weg abzukommen und im Gebüsch zu landen. Er hört immer wieder ein Rascheln, sieht irgendwelche Schatten vorbeihuschen. In seiner Fantasie meint er wilde Tiere zu erkennen, die dort auf sie lauern. Oder sind es gar Banditen die jeden Moment über sie herfallen werden?

Endlich lösen sich vor ihnen schemenhaft zwei, drei Hütten aus der Dunkelheit. Deutlich hören sie das leise Rauschen des nahen Flusses. Nirgends brennt ein Licht. Der schlammige Weg wird breiter und führt sie an den Hütten vorbei. Noch ein paar Schritte und sie stehen vor ihrem Ziel. „Hotel del Rio" steht stolz auf einem kaum zu erkennenden Holzschild. Dahinter verbirgt sich ein heruntergekommenes zwei-stöckiges Holzhaus am Flussufer. Die Tür steht offen. Sie spähen hinein. „Hallo. Ist da jemand?" Zunächst antwortet niemand. Doch dann geht ein Licht an und ein verschlafener Wächter schlürft zu einer wuchtigen Theke, die wohl einmal in irgendeiner Bierkneipe gestanden hat und nun hier als Empfangstresen dient. An der gegenüberliegenden Wand stehen drei wacklige Stühle. Ein Plakat mit einer verschneiten Winterlandschaft und ein nicht weniger verblichenes Bildnis einer Heiligen verzieren den sonst kahlen Raum. Im Obergeschoss gibt es vier oder fünf Zimmer. Wie alle anderen starrt auch Pauls vor Schmutz. Es ist stickig heiß. Das Moskitonetz über seinem Bett ist an verschiedenen Stellen zerrissen. In der Hoffnung, dass es ihn dennoch ein wenig schützt kriecht er unter das Netz und versucht seine Ränder unter die Matratze zu stopfen um es zu spannen. Doch trotz aller seiner Bemühungen summt es unablässig um ihn herum und qualvoll spürt er, wie er immer wieder gestochen wird. Als sei er davon noch nicht genug gepeinigt fällt auch noch das in der Bettdecke und Matratze verborgene Ungeziefer gnadenlos über ihn her. Schon bald juckt und brennt es auf der Haut, sodass er nicht einschlafen kann. Ermattet lauscht er in die Nacht. Die Räume sind nur durch dünne Holzwände voneinander getrennt. Selbst aus einem Zimmer zwei oder drei Türen weiter hört er ein Bett mit jeder Bewegung des Gastes heftig quietschen und ächzen und wundert sich warum es noch nicht zusammengebrochen ist. Im Raum nebenan wälzt sich Alfonso schwerfällig von einer Seite auf die andere. Laut schnarchend scheint er aber tief und fest zu schlafen. In dieser Absteige kann man tatsächlich nur übernachten, wenn man wie er die genügende Menge *Aguardiente* getrunken hat, geht ihm neidvoll durch den Kopf.

Plötzlich ist da ein fremdes Geräusch. Jemand kommt die Treppe herauf. Dabei versucht er oder sie sich möglichst lautlos zu bewegen. Die Schritte kommen näher. Die Dielen im Gang vor Pauls Raum knarren. Vorsichtig bleibt der Eindringling immer wieder stehen, als wolle er sich vergewissern, dass niemand erwacht ist und ihn gehört hat. Ob der Wächter wieder aufgewacht ist und einen Rundgang macht? Doch warum sollte er sich durch das Haus schleichen. Mit Schrecken bemerkt Paul, wie sich seine Tür nun ganz langsam öffnet. Er will schon aus dem Bett springen und sehen, wer da sein Zimmer betreten will. Doch irgendetwas hält ihn davon ab. Regungslos bleibt er liegen und wartet darauf, was geschieht.

Ein Schatten kommt auf ihn zu. Langsam erkennt er einen nicht sehr großen, dunkel gekleideten Mann. Angespannt verfolgt Paul alle seine Bewegungen. Zu Pauls Erleichterung scheint er keine Waffe zu tragen, zumindest kann Paul keine erkennen. Dennoch ist ihm der Mann unheimlich und er beschließt, so zu tun als läge er bereits im Tiefschlaf.

Vorsichtig tastet der Eindringling auf dem Nachtisch nach Pauls Armbanduhr. Dass Paul jederzeit aufwachen könnte, ist ihm offenbar gleichgültig. Mit ungeheurer Kaltblütigkeit geht er zum Fenster, um sie sich in aller Ruhe näher anzusehen. Als etwas Licht von draußen auf sein Gesicht fällt, hat Paul das Gefühl, als habe er ihn schon einmal gesehen. Er kann ihn aber nirgends einordnen. Der Dieb kommt offenbar zu dem Ergebnis, die Uhr lohne sich nicht, um sie mitzunehmen. Achtlos lässt er sie liegen und sucht nach anderen Wertsachen, vor allem wohl nach Pauls Brieftasche. Nachdem er sie nirgends im Raum entdecken kann, nimmt er sich Pauls Hose und Tasche vor. Er kann nicht ahnen, dass Paul sie sicherheitshalber unter seinem Kopfkissen versteckt hat, als er gemerkt hatte, dass seine Tür nicht einmal ein Schloss hat. Eine weise Entscheidung. Leise fluchend verlässt der Fremde schließlich den Raum. Paul überlegt, ob er Krach schlagen und das ganze Haus wecken soll. Doch er zögert erneut. Ihm ist nichts gestohlen worden und er würde sich womöglich nur selbst gefährden oder lächerlich machen. Während er noch überlegt, hört er, wie der Dieb die Treppe hinabschleicht. Nun ist es ohnehin zu spät.

Am nächsten Tag heißt es endlos zu warten. Einer von Alfonsos Freunden muss im weit entfernten Dorf etwas erledigen und hat angeboten, die Zündkerzen mitzubringen. Allerdings wird er erst am späten Nachmittag wieder zurück sein. Die Zeit will und will nicht vergehen. Nach dem Mittagessen stehen Paul und Alfonso auf dem Balkon über dem Empfangsraum des Hotels und beobachten die Umgebung. Ein paar Schritte entfernt fließt der träge Strom vorbei. Am Ufer liegen einige Boote, doch alles wirkt um diese Stunde wie ausgestorben. Hier am Fluss wimmelt es auch bei Tage vor Mücken. Es ist drückend heiß. Im Hotel gibt es jetzt keine anderen Gäste mehr. Ein verschlossener LKW-Fahrer hatte am frühen Morgen seine Fracht auf die *Chalanas* geschleppt. Sie war so verpackt, dass man nicht sehen konnte, um was es sich dabei handelte. Auffällig hatte er darauf geachtet, dass das auch so bleibt. Schmuggelware? Auch der Inhalt der Kisten, die er an Land gebracht und in seinen LKW verladen hatte, blieb neugierigen Blicken verborgen. Schweigsam hatte er schließlich seine Rechnung bezahlt und war grußlos verschwunden. Ein Flusskapitän, der im Hotel geblieben war, nachdem er dort bis in die späte Nacht zäh mit einem Kunden verhandelt und noch zäher getrunken hatte, war auf sein Boot zurückgekehrt und wenig später flussabwärts unterwegs. Von den Bewohnern der anderen Hütten ist nirgends jemand zu sehen. Um diese Stunde haben sie sich üblicherweise zu einer Siesta zurückgezogen. Selbst die Hunde haben sich an schattige Plätze verkrochen. Einige schlafen erschöpft. Andere warten hechelnd auf die abendliche Abkühlung. Unten im Empfangsraum liegt der Rezeptionist laut schnarchend in einer Hängematte hinter dem Tresen. Über ihm an der Decke dreht sich quietschend ein uralter Ventilator. Dennoch steht dem wohlgenährten Mann der Schweiß auf der Stirn. Eine penetrante Fliege landet immer wieder auf seinem Gesicht. Jedoch zu mehr, als einem schwachen Zucken mit seinem gewaltigen Schnauzbart kann er sich nicht aufraffen. Wozu auch? Er würde sie ohnehin nicht erwischen.

Plötzlich wird die Stille zerrissen. Ein Motorroller knattert heran. Eine nicht mehr ganz junge aber provozierend gekleidete Frau fährt in einer rasanten Kurve bis direkt vor den Eingang. Ein kräftiger Bursche sitzt hinter ihr auf dem Beifahrersitz und klammert sich an sie. Sicher ein Viehtreiber aus der Umgebung. Jedenfalls fehlen weder der Strohhut und die typischen Stiefel noch die Machete in ihrer Lederscheide am Gürtel. Er ist deutlich jünger als sie. „Jorge?" Ohne von ihrem Motorroller abzusteigen ruft die Frau mit schriller Stimme offenbar nach dem Rezeptionisten. Keine Antwort. Sie wird noch lauter. „Jorge! Jorge! Aufwachen du fauler Hurensohn." Unwirsch antwortet schließlich eine verschlafene Stimme: *„Que pasa?"* „Was ist los?". „Hast du noch ein Zimmer frei?" „Für eine Nacht oder für ein paar Stunden?", tönt es zurück. Die Frage scheint sie für überflüssig zu halten. Ungeduldig ruft sie dem noch immer unsichtbaren Mann in der Rezeption zu: „Um diese Uhrzeit natürlich Stunden, du Idiot!" Sie stört dabei in keiner Weise, dass sie sicherlich in allen umliegenden Hütten zu hören ist. „Wie viele Stunden?" Amüsiert verfolgen Paul und Alfonso wie sich die Frau genervt zu ihrem Beifahrer umdreht und in unveränderter Lautstärke fragt: *„Cuanto tiempo necesitas, mi amor?"* „Wie lange brauchst du, mein Liebling?" Verlegen dreht der Mann den Sombrero in seiner Hand und flüstert ihr etwas zu. „Eine Stunde reicht!", verkündet sie unüberhörbar. *„Adelante!"* „Los dann!" Beide steigen eilig vom Moped und verschwinden im Haus.

Kurz nach Sonnenuntergang kommt endlich Alfonsos Freund mit den Zündkerzen zurück. Mit dem letzten Tageslicht repariert er gemeinsam mit Alfonso den Wagen. Paul sitzt an einem der Tische vor Marias *Tienda* und wartet geduldig darauf, dass es losgeht. Maria ist eifrig in der Hütte beschäftigt. Fasziniert verfolgt er jede ihrer Bewegung, und sie schenkt ihm immer wieder ihr bezauberndes Lächeln. Ihr Gehilfe Carlos schleppt Kisten in einen der Lageräume und stapelt sie dort. Ganz im Bann von Maria beachtet er ihn kaum. Doch als er erneut keuchend mit schwerer Last an ihm vorbei geht durchzuckt ihn auf einmal ein Gedanke: Diese Gestalt, die Art sich zu bewegen, dieses Gesicht..., ist das nicht der Mann der vergangenen Nacht in sein Zimmer eingedrungen war? Doch er ist sich nicht sicher. Es war einfach zu dunkel, um das Gesicht wirklich erkennen zu können.

Die Sonne ist schon lange untergegangen, als sie endlich losfahren. Bevor Alfonso Gas gibt, dreht er sich noch einmal zu Gloria um. „Alles klar, mi Reina[13] , meine Königin?" Der Streit von gestern Abend scheint vergessen zu sein. Mit verklärtem Blick himmelt sie ihn an. *Que añoranza he tenido. Me has faltado muchísimo!"* „Welche Sehnsucht habe ich gehabt. Du hast mir sehr gefehlt!" Der Geruch ihres Parfums verschlägt Paul fast den Atem. Von der Menge her muss sie es in der Eile mit Shampoo verwechselt haben. Unvermeidlich zum Beobachter ihrer Liebesschwüre geworden, glaubt er in ihren Augen den gleichen leidenschaftlichen Ausdruck zu erkennen wie bei ihrer Mutter. Doch ihr fehlt deren Ausstrahlung und Reife, die die Mutter für Paul besonders reizvoll macht. Gloria wirkt auf ihn dagegen eher wie ein von Neugier getriebenes, unreifes, kleines Mädchen. Dabei dürfte sie deutlich über zwanzig sein. Damit ist sie noch immer weit jünger als Alfonso, der die Fünfzig längst erreicht hat. Gloria hat sich das Haar blond färben lassen. Mit ihrer hellen Haut wirkt sie neben ihrer braun gebrannten Mutter blass. Ihr Kleid sieht jedoch genauso abgerissen aus wie das der Mutter. Selbst der Reißverschluss auf dem Rücken lässt sich nicht mehr bis oben schließen. Auch ihre koketten Schuhe haben die gleichen hohen Absätze, was für eine derartige Reise wohl nicht besonders zweckmäßig ist. So hat sie sie irgendwo ins Auto geworfen und läuft lieber barfuß.

---

[13] In Kolumbien häufig gebrauchte Schmeichelei

Wie Paul schon erwartet hat, wird die Fahrt tatsächlich zum Abenteuer. Am Anfang folgen sie noch einem endlosen Weidezaun. Dann geht es fast nur noch querfeldein durch die Steppe. Als müsse er die verlorene Zeit wieder aufholen jagt Alfonso mit unverändert hoher Geschwindigkeit selbst durch dicht bewachsenen, unübersichtlichen Busch. Bodenwellen oder tiefe Löcher sind für ihn ebenfalls kein Grund, den Fuß auch nur kurzzeitig vom Gas zu nehmen. Verzweifelt versucht sich Paul, mit beiden Händen irgendwo festzukrallen. Dennoch reißt es ihn immer wieder fast aus dem Sitz. Im Mondlicht sieht sein Gesicht noch bleicher aus, als es ohnehin schon ist. Gloria macht das hingegen alles nichts aus. Im Gegenteil. Begeistert und voller Spannung verfolgt sie die nächtliche Geländerally. Ihr geht es noch viel zu langsam.

Unbeirrt fährt Alfonso hinaus in die Wildnis. Mal ist es ein markanter, alleinstehender Baum am Horizont, an dem er sich orientiert, mal ein gewaltiger, bizarrer Termitenhügel, dann wieder ein einsamer Markierungspfahl. Besorgt fragt sich Paul, ob Alfonso wirklich weiß, wohin er fährt, als vor ihnen ein einsames Licht auftaucht. Sie kommen näher und Paul kann jetzt zwischen Pflanzungen und Palmen ein Gebäude erkennen. Ein weiteres Licht geht an. Offenbar hat man den herannahenden Wagen dort gehört. Direkt vor dem Gebäude stoppt Alfonso das Fahrzeug und stellt den Motor ab. Plötzlich umgibt sie eine erlösende Stille. Nur das Zirpen der Zikaden ist zu hören. Erleichtert springt Paul aus dem Wagen. Wie nach einer Seefahrt bei stürmischem Wetter scheint selbst der feste Boden unter seinen Füssen noch zu schwanken. Verschlafen erscheint Enrique, der Verwalter, und begrüßt seinen Boss. Im Schein einer Petroleumlampe sieht er gespenstisch aus. Wirres Haar, zerrissene Kleidung, nur noch wenige Zähne im Mund. Ein mächtiger, grauer Bart macht ihn noch älter, als er ist. Seine weit jüngere Frau bleibt schüchtern im Schatten des Wirtschaftsgebäudes stehen, als scheue sie sich, ins Licht zu treten.

Munter klopft Alfonso Paul auf die Schulter. "Wir haben es nun doch noch geschafft! Herzlich willkommen auf „La Añoranza"! Dann hat er es aber furchtbar eilig. „Enrique wird Ihnen zeigen, wo Sie schlafen können." Bevor Paul ihn noch etwas fragen kann, ist er bereits verschwunden. Gloria läuft lachend hinter ihm her und streift schon im Laufen ihr Kleid ab. *La Añoranza*, die Sehnsucht! So sieht sie also aus. Kopfschüttelnd folgt Paul dem Verwalter in das Wohnhaus. Die wenigen Zimmer sind durch dünne Holzwände getrennt und nach oben zum Dachgebälk hin offen. So bleiben die Stimmen des Liebespaares natürlich nicht verborgen. Ein hohes, weit ausladendes, mit Palmenblättern gedecktes Dach sorgt dafür, dass die Hitze aus den Räumen entweichen kann, und bietet auch auf der um das Haus laufenden Veranda Schutz vor Regen und Sonne. Auf der Veranda ist es erheblich angenehmer als in dem ihm zugewiesenen, stickigen Raum im Innern des Hauses. An den Dachbalken hat man dort mehrere Hängematten festgemacht. Eine Petroleumlampe sorgt für spärliches Licht. Ihm meist unbekannte Geräusche aus dem nahen Busch lassen zahlloses Getier auf der nächtlichen Jagd nach Beute erahnen. Der Mond kommt wieder hinter einer Wolke hervor, und Paul kann nun etwas von der Umgebung des Hauses erkennen. Da er ohnehin noch keinen Schlaf findet, beschließt er, einen kleinen Erkundungsgang zu machen. An dem Zufahrtsweg zur Finca stößt er auf den *Corral*[14] , der ihm schon bei der Ankunft aufgefallen ist. Als er

---

[14] Umzäunter Sammelplatz für Vieh, Viehgatter

darauf zugeht, raschelt es neben ihm im hohen Gras. Womöglich eine Giftschlange? Sicherheitshalber klettert er rasch auf die hohe Umzäunung des Gatters und setzt sich auf eine schmale Plattform über dem Gang, durch den das Vieh in den *Corral* getrieben wird. Ein leichter Nachtwind weht über den Busch. Gefesselt vom Anblick der im Mondlicht liegenden Wildnis, harrt er dort endlos aus und hängt seinen Gedanken nach.

Sein bislang gewohntes Dasein erscheint ihm plötzlich eintönig und trist, seine Alltagsroutine unerträglich. Beunruhigt sucht er danach, wer oder was an diesem Sinneswandel schuld sein mag. Ist es die grenzenlose Weite, die seine heimische Umgebung auf einmal furchtbar eng erscheinen lässt? Oder die Wildnis um sich herum, wo es anders als gewohnt, niemand gibt der ihm vorschreibt, was er zu tun, und zu lassen hat? Das Erlebnis sich frei von allen verhassten Zwängen bewegen zu können? Womöglich ist es aber auch die Art und Weise wie seine Frau ihr und damit auch sein tägliches Leben gestaltet.

Anne ist Mitte vierzig. Stets traditionell, fast altmodisch, und unauffällig gekleidet, sieht sie viel älter aus, als sie ist. Ihre strenge, kurze Frisur verstärkt diesen Eindruck. Zwar ist sie zu jedermann freundlich und nett, zeigt aber weder Neugier noch Temperament oder Charme. Stattdessen wirkt sie farblos, phlegmatisch, langweilig. In der Alltagsroutine verhaftet und geborgen, erwartet sie vom Leben auch nichts Neues mehr. Obwohl sie eigentlich sehr attraktiv ist, gehört sie daher dennoch zu den Frauen, auf die kaum jemand achtet, nach denen sich niemand umdreht, die einfach übersehen werden.

Ihr Leben besteht darin, sich den größten Teil des Tages mit großer Hingabe und Sorgfalt der Pflege der liebevoll eingerichteten Wohnung zu widmen. Dafür hat sie, von Paul bestärkt, ihren Beruf als Sachbearbeiterin bei einer Versicherung schon vor langer Zeit aufgegeben. Das Haus verlässt sie seitdem eigentlich nur, um kurz in zwei, drei vertrauten Supermärkten in der Nähe einkaufen zu gehen. Bäckerei, Apotheke, Reinigung, vielleicht noch ein kurzer Blick in einen neuen Laden an der Ecke um zu sehen, was es dort gibt. Jedes Ereignis, das sie dazu zwingt, von diesem eingefahrenen Tageslauf abweichen zu müssen, bereitet ihr Unwohlsein, selbst wenn es sich dabei nur um banale Kleinigkeiten handelt. Ihre Freizeit verbringt sie damit, fernzusehen.

Bislang hat Paul das alles wenig gestört. Tagsüber ist er ohnehin im Büro, und die Abende verbringt er ebenfalls meist vor dem Bildschirm. Seit der Begegnung mit Maria betrachtet er Anne aber auf einmal mit anderen Augen. Zu seiner eigenen Überraschung stören ihn jetzt Dinge an ihr, über die er bisher noch nie nachgedacht hat. Ihre ausgeprägte Konformität mit gesellschaftlichen Normen wirkt auf ihn plötzlich bedrückend, ihr gleichförmiger Tagesablauf fantasielos, ihre pedantische Haushaltsführung grotesk.

Wie kann er als erfolgreicher Mann von Welt, für den er sich mit seinem Einsatz in Amerika nun hält, eine so spießige Partnerin haben? Hatte er nicht eine viel aufregendere Frau verdient? Er sieht Anne vor sich, wie sie endlos lange im Bad steht, um sich zu waschen, einzucremen, ihr blasses Gesicht zu schminken, das kurze Haar zu kämmen und sich sorgfältig zu kleiden. Wie sie perfekt frisiert, perfekt angezogen, perfekt organisiert und perfekt diszipliniert an ihr Tageswerk geht, alle ihre Handlungen gründlich überlegt und sorgfältig geplant, so wie sie es von ihrer Mutter gelernt hat. Auch ihre Kontaktarmut und Schüchternheit ist ihm noch nie so bewusst geworden.

Welcher Kontrast zu Maria! Wieder hat er auch sie vor Augen, ihr langes, ungebändigtes Haar, das zerrissene Kleid, die spontane emotionale Art, mit der sie nur auf den Moment reagiert. Nichts ist bei ihr geplant oder perfekt. Völlig anders als Anne sprüht sie vor Energie. Ständig von Menschen umgeben, begegnet sie jedem Fremden ohne Scheu, und betört sie alle mit ihrem temperamentvollen, einnehmenden Wesen. Trotz Armut und harten Lebenskampfes ist sie stets voller überschäumender, mitreißender Lebensfreude.

Doch vielleicht wäre auch Anne ganz anders, wenn sie nicht so gut behütet und von der Außenwelt weitgehend isoliert leben würde. Bislang hatte er sich noch nie Gedanken darüber gemacht, dass es bei ihrer zurückgezogenen Lebensweise eigentlich nicht überraschen kann, wenn sie fremden Menschen stets scheu und unsicher, fast unbeholfen gegenübersteht. Ob auch Anne völlig anders auftreten würde, wenn sie wie Maria ständig mit Menschen zusammenkäme oder alleine vor echten Herausforderungen stünde?

Ein furchterregendes Schnaufen reißt ihn aus den Gedanken und beendet abrupt seine Vergleiche der beiden Frauen. Bedrohlich kommt ein schwerer Zebu-Bulle[15] auf ihn zu, beäugt den Fremdling misstrauisch und senkt seine gewaltigen Hörner. „Ich geh ja schon." Im Haus ist es still. Auch aus dem Raum von Alfonso und Gloria dringen keine Geräusche mehr. Paul klettert wieder in eine der Hängematten auf der Veranda. Obwohl er auf einmal todmüde ist, lässt ihn das neu gewonnene Bild seiner Frau nicht einschlafen. Ob er

---

[15] Tropisches Rind, ursprünglich aus Südasien

sie noch ändern kann? Doch wie soll er das anfangen? Gereizt schlägt er nach einer Mücke, die quälend um seinen Kopf, seine Arme, seine Beine summt. Vielleicht sollte er sich sogar von ihr trennen? Er malt sich aus wie es wäre, wenn er stattdessen ein Leben mit Maria führen würde. Auf der Finca oder vielleicht auch in Bogotá würde sie sich vermutlich wohlfühlen und er kann sich ein erfülltes und vor allem erheblich spannenderes Zusammenleben als er es heute führt durchaus vorstellen. Er wird allerdings nicht ewig in Kolumbien bleiben können oder wollen. Ob sie auch in Deutschland zurechtkäme? Oder würde sie dort wie eine an Sonne und Wärme gewöhnte tropische Blüte in Kälte und Dunkelheit nördlicher Gefilde verwelken? Dass die Faszination ihrer Fremdheit und Andersartigkeit früher oder später zwangsläufig zur Gewohnheit und damit verblassen wird kommt ihm nicht den Sinn, Er ist auch noch viel zu kurz im Land, um zu erkennen, dass, wenn nicht etwas Außergewöhnliches geschieht, auch eine betörende Exotin wie Maria in eine unvermeidbare Alltagsroutine verfallen wird. Nur die Programme im Fernsehen werden vielleicht andere sein, als die die Anne gesehen hat.

Bewegt von seinen Erlebnissen hier kommt er zu dem Schluss, dass er den gewohnten Trott nicht mehr weitergehen will. Ob mit ihr oder Anne, es muss etwas geschehen! Er ist wild dazu entschlossen sein Leben neu auszurichten. Aber wie? Erneut versucht er, die Mücke zu erwischen. Wieder geht der Schlag ins Leere. Erschöpft sinkt er zurück und gibt auf. Nicht anders endet der soeben gefasste Vorsatz, sein Dasein grundlegend zu ändern. Ratlos wie er das anfangen soll ist er erst einmal darüber eingeschlafen.

Am nächsten Morgen hat Enrique schon kurz nach Sonnenaufgang die Pferde gesattelt und wartet darauf, dass sein Boss und dessen Gäste fertig gefrühstückt haben. Dann reiten sie hinaus in das Buschland. Die Pferde kennen hier nur zwei Gangarten: Schritt und Galopp. Im dichten Gebüsch bleiben sie lieber im Schritt, um Hindernisse und Gefahren, wie die steinharten Termitenhügel oder Schlangen, rechtzeitig zu erkennen und ihnen auszuweichen. Auf den freien Flächen sind die Pferde jedoch kaum zu halten. Paul, der noch nie in einem Sattel gesessen hat, hat größte Mühe, sich ausreichend fest zu klammern, um bei dem schnellen Galopp nicht vom Pferd zu fallen. Gloria kann es hingegen auch hier nicht schnell genug gehen. Haare und Kleid wehen wild, als sie lachend an allen anderen vorbeigaloppiert und sich in der zauberhaften, tropischen Landschaft vor ihnen verliert. Erst als sie ein breites Flussbett überqueren müssen, treffen sie wieder auf sie. Strahlend sitzt Gloria im Sattel und wartet ungeduldig. Offenbar hat sie mit ihrem Pferd zusammen ein Vollbad genommen. Ihre Bluse klebt klatschnass an ihrem Körper und sie muss sich immer wieder triefende Haarsträhnen aus dem Gesicht wischen. Ihr Pferd schüttelt sich das Wasser ab. Paul kann ihre Begeisterung gut verstehen, denn auch ihm vermittelt der Ritt durch die endlose Wildnis das Gefühl von ungeheurer Freiheit, wie er es bislang noch nie in seinem Leben erlebt hat.

Alfonso ist hochzufrieden. Rinder und Zebus sind jetzt am Ende der Regenzeit gut genährt und machen einen kerngesunden Eindruck. Als sie am Spätnachmittag die Pflanzungen in der Nähe des Wohnhauses begutachten, entdeckt Paul an einem Wasserloch unmittelbar vor sich halb im Wasser, halb im Gebüsch eine gewaltige Boa[16] . Sie rührt

---

[16] Mehrere Meter lange Würgeschlange

sich nicht, doch sie hat den Eindringling sehr wohl längst im Blick. Während er noch fieberhaft überlegt, wie er sich am besten vor einem Angriff von ihr retten kann, tritt Alfonso lachend neben ihn. „Sie haben also schon Bekanntschaft mit La Vieja[17] gemacht. Sie lebt hier schon jahrelang. Wir haben uns gut aneinander gewöhnt." „Ist sie nicht gefährlich?" „Weit weniger als die Pirañas da vor ihnen im Wasser." Erschrocken tritt Paul ein paar Schritte zurück. Der Gedanke daran, hier auszurutschen und in das Wasserloch zu fallen, lässt ihn erschaudern. „Keine Sorge, auch die sind ziemlich harmlos, wenn sie satt sind, wie jetzt in der Regenzeit. Ganz anders sieht das allerdings am Ende der Trockenzeit aus, wenn die *Caños*[18] kaum noch Wasser führen und die Raubfische, in kleinen Tümpeln gefangen, keine ausreichende Nahrung mehr finden. Alfonso hat viel über die *Llanos* zu erzählen. Am Abend machen es sich alle drei in den Hängematten bequem und lauschen seinen Geschichten über Erlebnisse aus langen Jahren, die er nun schon auf die *Finca* kommt. Mal mit bewunderndem, mal mit verliebtem Blick hängt Gloria an seinen Lippen. Doch Paul entgeht nicht, wie sie Alfonso schließlich mit ihren Augen ungeduldige Signale gibt, sich mit ihr zurück zu ziehen. Nur allzu gerne geht er darauf ein.

Wie schon am Abend davor, bleibt Paul alleine auf der Veranda zurück. Plötzlich hört er leise Schritte hinter sich. Angestrengt versucht er, trotz des schwachen Lichts etwas zu erkennen. Guerilla? Viehdiebe? Eine Gestalt löst sich aus der Dunkelheit und kommt auf ihn zu. Mit einem Satz springt er aus der Hängematte und will nach Alfonso rufen und ihn warnen, als er den Verwalter erkennt. „Ich dachte mir, ich

---

[17] „Die Alte", hier Kosename
[18] Stehendes Urwaldgewässer

bringe Ihnen noch ein paar Flaschen Bier." Grinsend blickt Enrique auf das Innere der Hütte, aus dem nun wieder die schon aus der vergangenen Nacht vertrauten Geräusche zu hören sind. *„Quizás quiere brindar por el amor."* „Vielleicht wollen Sie auf die Liebe trinken." Den Hut noch immer ehrerbietig in der Hand, schickt er sich an, die Veranda zu verlassen. *„Buenas noches, Señor."* *„Buenas noches, Enrique."* Gleich darauf hat ihn die Dunkelheit, aus der er gekommen ist, wieder verschluckt.

Versunken liegt Paul in der Hängematte und starrt mit leeren Augen auf einen Gecko, der an der Wand neben ihm nach Mücken jagt. Was mag Glorias Mutter von der Beziehung ihrer Tochter zu dem deutlich älteren Alfonso halten? Ob sie weiß, dass er verheiratet ist? Vielleicht ist ihr eine sporadische Liebschaft ihrer Tochter wie diese aber gar nicht so unrecht, denn bei einer solchen Verbindung muss sie sich nicht von ihr trennen. Würde Gloria einem Mann folgen und sie verlassen, könnte Maria die *Tienda* wohl kaum weiterführen.

Seit Glorias Vater schon vor Jahren spurlos verschwunden ist, musste Maria sich mit ihrer Tochter allein durchschlagen. Seitdem verbindet die beiden eine seltsame Hassliebe. Aufeinander angewiesen, fühlen sie sich eng verbunden. Doch das Leben in der rauen Männergesellschaft hat sie beide sichtbar geprägt. Attraktiv und begehrenswert werden sie zugleich auch immer wieder herausgefordert, sich gegeneinander im Kampf um Respekt und Gunst der Männer mal in spielerischem, mal in ernstem Wettbewerb zu behaupten. Dass das manches Mal mit der aus ihrer Umgebung gewohnten Härte geschieht, erscheint unvermeidbar. Paul kann nicht ahnen, dass auch er sehr bald darin verstrickt sein wird.

Es geht zurück nach Bogotá. Enrique und Alfonso beladen den Wagen mit Früchten und anderen Dingen, die in die Stadt geschafft werden sollen. Paul und Gloria sehen sich solange am *Corral* um, an dem sich eine Reihe von Rindern eingefunden hat. Paul sucht einen schattigen Platz und lehnt sich gegen die Umzäunung. „Du bist bestimmt gerne mit Alfonso hier." Sie kommt näher und stellt sich dicht neben ihn. „Sicher. Und du? Gefällt es dir hier?" „Sehr!" Lächelnd sieht sie ihn an. „Aber du bist alleine ..." Geschickt klettert sie auf die Umzäunung. Dabei sorgt sie dafür, dass Paul ihre hübschen Beine in voller Länge bewundern kann. Oben auf der kleinen Plattform gelingt es ihr rasch auch wieder eine besonders aufreizende Position zu finden. „Komm her, setz dich zu mir." Irritiert folgt er ihrer Aufforderung. Unbewusst schaut er dabei zum Wohnhaus hinüber, als habe er ein schlechtes Gewissen. Sie merkt das belustigt und greift es sofort auf. „Keine Sorge, Alfonso hat noch eine Weile am Auto zu tun und kann uns von dort nicht sehen." Ganz in seinen eigenen Gedanken gefangen, kommt Paul jedoch nicht darauf zu fragen, warum Alfonso sie nicht sehen soll. Auch den verschwörerischen Klang ihrer Stimme nimmt er dabei nicht wahr. Blind und taub gegenüber den Realitäten, fährt er unbeirrt fort: „Du liebst ihn sehr, nicht?" Wieder zögert sie mit der Antwort und starrt in die Ferne. „Sicher." Der Ton, in dem sie das Wort erneut benutzt, klingt alles andere als bewegt. Als er noch immer nicht begreift, zieht sie die Beine so an, dass ihr Kleid noch ein Stück höher rutscht und er sehen kann, dass sie offenbar nichts darunter trägt. „Gefalle ich dir nicht auch?" Sie schaut ihn nun mit dem gleichen, sinnlichen Blick an, wie sie das in den vergangenen beiden Tagen mit Alfonso getan hat. Paul ist sprachlos. Endlich hat er verstanden.

„Wo seid Ihr? Wir müssen los!" Alfonso kommt um die Ecke des Gebäudes. Lässig springt Gloria vom Gatter. Als hätte sie mit Paul über das Wetter gesprochen, geht sie munter auf ihn zu, haucht ihm einen Kuss zu und steigt in sein Auto. Auf der Fahrt zurück sitzt Paul verwirrt neben Alfonso und schweigt. Er hört ihre aufgekratzte Stimme hinter sich, spürt ihre Blicke auf ihn, riecht ihr Parfüme, wagt aber nicht, sich nach ihr umzudrehen. Selbst als sie ihn anspricht, bleibt er auffallend wortkarg und starrt weiterhin angestrengt auf die Fahrspuren vor ihnen. Alfonso wundert sich zwar etwas über das seltsame Verhalten seines Kollegen, glaubt aber auch die Erklärung dafür zu haben. „Es ist immer traurig, wenn man hier wieder wegfahren muss, aber vielleicht kommen sie ja bald einmal wieder nach Kolumbien."

Verlockungen

Tatsächlich ist Paul wenige Wochen später wieder in Bogotá. Die Probleme in der Niederlassung haben sich als weit schwieriger erwiesen, als man zunächst dachte. Zum Entsetzen seiner Frau wird er diesmal vermutlich sogar mehrere Wochen bleiben müssen. Während sie in stiller Verzweiflung die Tage bis zu seiner Rückkehr zählt, sieht Paul darin eine begehrenswerte Abwechslung, eine Möglichkeit dem monotonen Trott seines Alltags wenigstens für eine kurze Zeit zu entgehen.

In Kolumbien angekommen, trifft er auf einen zutiefst verwandelten Alfonso. Dessen ernstes Gesicht wirkt erschöpft und grau und er macht auf Paul den Eindruck, als sei er um Jahre gealtert. Mit einem aufmunternden Lächeln geht Paul auf ihn zu. "Hallo mein Freund, wie geht es? Was macht die Familie?" Nachdem er sich vergewissert hat, dass niemand zuhört, ergänzt er noch leise: „Und Gloria?" Doch Alfonso gibt nur ein paar spärliche Antworten. Schon nach kurzer Zeit wird Paul klar, dass ihn nicht nur die Probleme in der Firma unter Druck setzen. Auch private Geldsorgen scheinen ihn zu quälen. Zudem müsste er eigentlich dringend auf die *Finca*, um ein paar wichtige Dinge dorthin zu bringen, doch die Pflichten im Büro lassen das nicht zu.

Paul versucht, ihn etwas aufzumuntern. „Das kann ich ja machen. Mithilfe von ein paar Gläsern *Aguardiente* würde ich den Weg sicher schon finden." Belustigt setzt er noch hinzu: „Sogar mit der Guerilla kenne ich mich bereits bestens aus". Doch Alfonso ist nicht zum Lachen zumute. Nach kurzem Nachdenken blickt er auf einmal mit todernstem Gesicht zu Paul auf. „Warum eigentlich nicht? Sie könnten meinen Wagen nehmen und ..." Erschrocken fällt ihm Paul ins Wort. „Sind Sie verrückt? Das war ein Scherz!" Unbeirrt fährt Alfonso jedoch fort: „Ein Nachbar von mir, Miguel, fährt am nächsten

Wochenende dorthin. Leider hat er in seinem Auto bereits so viele Sachen geladen, dass kein Platz mehr bleibt. Sie bräuchten ihm mit meinem Wagen einfach nur zu folgen. Von Maria zu der *Finca* könnte Ihnen dann Gloria den Weg zeigen." Paul stockt der Atem. „Sie würden mir tatsächlich einen riesen Gefallen tun!" Doch im selben Moment wird Alfonso jetzt bewusst, was er Paul damit zumutet. Äußerst verlegen versucht er, seine Überlegung schnell wieder aus der Welt zu schaffen. „Vergessen Sie es bitte. Natürlich kommt das nicht ernsthaft infrage. Es war nur so ein spontaner Gedanke. Die Sorgen können einem manchmal den Verstand rauben." „Schon gut. Doch Sie hatten recht. Warum soll ich eigentlich nicht fahren?"

Paul weiß nicht, ob Mitleid, Abenteuerlust oder ein Anfall von Wahnsinn ihn dazu getrieben hat. Auf jeden Fall ist es aber der Wunsch, Maria wiederzusehen. Am nächsten Wochenende sitzt er am Steuer von Alfonsos voll beladenem Geländewagen und folgt Miguel hinunter in die *Llanos*. Es fällt ihm schwer, mit dessen Geschwindigkeit mitzuhalten, da er die Straße nicht so gut kennt. Doch Miguel wartet immer wieder geduldig am Straßenrand auf ihn, wenn sie sich zu lange aus den Augen verloren haben. Mit der Zeit fühlt sich Paul immer sicherer und wohler. Es macht ihm nun richtig Spaß, durch das herrliche Tropenland zu fahren. Erst als er sich dem Gebiet nähert, wo sie bei der letzten Reise der Guerilla begegnet sind, wird ihm mulmig. Nervös hält er Ausschau nach Straßensperren, doch die Guerilla bleibt ihm diesmal erspart.

Nur wenige Kilometer trennen ihn nun noch von Maria! Sein Verlangen, sie endlich wiederzusehen, wächst mit jeder Minute. Obwohl er sie bisher nur kurz gesehen hat, hat sie ihn geheimnisvoll verzaubert. Ob sie auch etwas für ihn empfindet? Oder hat sie ihn längst vergessen? Schließlich ist sie täglich von vielen Männern umgeben. Warum sollte sie sich ausgerechnet für ihn interessieren. Wieder hat er ihre betörenden Blicke auf ihn vor Augen. Vielleicht aber doch?

Noch vor Sonnenuntergang erreicht er Marias *Tienda*. Sie ist dabei die Gläser der letzten Gäste abzuräumen, als er vor ihrer Hütte stoppt. Sie erkennt ihn sofort. Aufgeregt lässt sie alles stehen und liegen, eilt zu ihm und überschüttet ihn mit Begrüßungsküssen. Auch wenn er mit den Landessitten noch wenig vertraut ist, spürt er, dass sie damit deutlich über die übliche Herzlichkeit, wie er sie hierzulande ständig erlebt, hinausgeht. Freudig überrascht schließt er sie fest in seine Arme. „Du bist also tatsächlich alleine hierhergekommen. Ich wollte es gar nicht glauben, als Alfonso mir das angekündigt hat. Offenbar hast du dich bei uns in Kolumbien schon gut eingelebt." Etwas unbeholfen versucht er, ihr mit seinen wenigen Spanischkenntnissen zu erklären, wie sehr er sie vermisst hat und sich freut, sie wiederzusehen. Dabei wird ihm erst nach einer ganzen Weile bewusst, dass er sie noch immer eng umschlungen hält. Schuldbewusst lässt er sie schleunigst los. Ihr ist sein verlegener Blick dabei nicht entgangen. Lächelnd haucht sie ihm zu: „Auch ich freue mich wirklich sehr, dich zu sehen". Eilig macht sie sich wieder an ihre Arbeit. „Willst du ein Bier?" Er zögert. Eigentlich sollte er sofort wieder aufbrechen, um noch vor Einbruch der Dunkelheit auf der *Finca* einzutreffen. Miguel ist deshalb schon weitergefahren. Doch er kann Maria nicht widerstehen. Zu sehr hat er auf das Wiedersehen mit ihr gewartet, um es gleich wieder zu beenden. So hört er sich statt einem „Nein Danke", ein „Gerne, wenn du eins mittrinkst", sagen und ist selbst überrascht, wie leicht er seine Vernunft besiegt hat.

„Wo ist denn Gloria?" „Vermisst du die etwa auch?" „Aber nein! Alfonso hatte mir gesagt, sie würde mir den Weg zur Finca zeigen …" „… und dann mit dir dort schlafen? Das hätte sie wohl gern." Als sie sein verdutztes Gesicht sieht, muss sie schallend lachen. „Ob du willst oder nicht, du wirst heute hier übernachten müssen." „Warum? Und wo?" Er sieht sie fragend an. „Wir werden für dich schon einen Schlafplatz finden. Jetzt noch auf die *Finca* heraus zu fahren, wäre viel zu gefährlich. Du hast dazu viel zu wenig Erfahrung." „Was ist denn daran so gefährlich?" „Schon bei Tag ist das Risiko sehr hoch, an einem der Erdlöcher mit Achsenbruch liegen zu bleiben, sich an einem, im hohen Gras verborgenen, Termitenhügel den Tank aufzureißen oder sich hoffnungslos zu verirren. Vor allem ist aber klar, was geschehen würde, wenn du mit Gloria dort alleine übernachtest." „Ich bin verheiratet …" „… und du glaubst wirklich deshalb ihren Verlockungen widerstehen zu können?" Provoziert von ihrer frappierenden Direktheit, mit der sie über ihre Tochter spricht, wagt er sich jetzt weit vor. „Und wenn ich hier schlafe, ist das ungefährlich?" Sie gibt ihm keine Antwort. Mit einem vielsagenden Blick aus ihren großen, dunklen Augen flüstert sie ihm leise zu: „Gloria ist sehr leidenschaftlich, aber findest du nicht auch, dass sie viel zu jung für dich ist …"

„Meine Mutter ist doch viel zu alt für dich!" Lautstark macht Gloria ihrem Ärger Luft als Paul sie unter der Dusche antrifft. „Sie mag erfahren sein, doch willst du wirklich noch mit ihr schlafen?" Ahnungslos wollte Paul die Toilette aufsuchen, als er dort auf sie stößt. Verblüfft von ihrem Ausbruch starrt er sie für einen Augenblick entgeistert an. Ein spärlicher Wasserstrahl aus dem Rohr an der Decke läuft über ihren nackten Körper. Sie macht keinerlei Anstalten, sich zu bedecken. Schamlos fordert sie ihn sogar dazu auf, zu ihr zu kommen. Dabei scheint es ihr völlig gleichgültig zu sein, dass ihre Mutter jeden Moment auftauchen kann. Verfolgt von ihrem frivolen Gelächter, verlässt Paul hastig den Raum.

Überrascht und sichtbar enttäuscht hatte Gloria bei ihrer Rückkehr erfahren, dass Paul mit ihr nicht mehr auf die Finca hinausfahren wollte. Den ganzen Abend hatte sie daraufhin immer wieder versucht, ihn wenigstens hier für sich zu gewinnen. Doch er war auf nichts eingegangen. Sie vermutete, dass er Hemmungen hatte, sich ihr vor den Augen der Mutter zu nähern. Geduldig hatte sie deshalb darauf gewartet, mit ihm endlich allein zu sein. Doch nachdem sie ihn eine Weile beobachtet hatte wurde ihr plötzlich klar, dass es keineswegs die Scham vor der Mutter, sondern vielmehr das Interesse an ihrer Mutter gewesen ist, was ihn zurückgehalten hat. Wutentbrannt war sie aufgesprungen und weggelaufen. Glühend vor Zorn, hatte sie versucht sich unter dem Wasserstrahl abzukühlen, als Paul sie dort überrascht hat. Noch immer wild entschlossen, sich nicht geschlagen zu geben, hätte sie ihn gerne so wie sie war umarmt und dabei gehofft, dass ihre Mutter in diesem Moment den Raum betritt. Doch auch wenn die Mutter das Spiel für heute gewonnen haben mag, ist Gloria sicher, früher oder später auch bei Paul einen schwachen Moment zu finden, um ihr Ziel zu erreichen.

Obwohl Paul nach der langen, anstrengenden Fahrt eigentlich todmüde ist, rauben ihm nun längst vergessene oder bislang ungekannte Gefühle den Schlaf. Als habe er eine wilde, ausschweifende Nacht hinter sich, erscheint er am nächsten Morgen übernächtigt zum Frühstück. „Guten Morgen Paul." In

bester Laune begrüßt ihn Maria und bringt ihm seinen *Tinto*[19]
. Von Gloria erntet er hingegen nur einen giftigen Blick. Als er
mit ihr später zur Finca fährt, um Enrique die mitgebrachten
Sachen zu übergeben, sitzt sie meist schweigend neben ihm.
Bevor sie wieder zurückfahren, besteht Paul jedoch darauf,
noch einmal auf den *Corral* zu klettern und den Ausblick zu
genießen. Ausgerechnet auf den *Corral*! Etwas überrascht von
seinem Wunsch setzt sich Gloria still und züchtig neben ihn.
Sollte er den Platz bewusst gewählt haben? Er versucht, ihr
Schweigen zu brechen. „Wunderschön hier nicht wahr?"
„Sicher." Dieses „Sicher" kennt er nun schon von ihr. „Säße
meine Mutter hier an meiner Stelle, würde es dir hier
vermutlich noch viel besser gefallen ..." Er sieht sie überrascht
an. „Bist du etwa eifersüchtig auf sie?" „Doch wohl nicht ohne
Grund", faucht sie gereizt. „Unsinn. Ich bin verheiratet." „Na
und? Du willst mir doch nicht sagen, dass gestern Nacht nichts
passiert ist..." Vorwurf mischt sich mit Hoffnung. Er muss nun
lächeln, auch wenn er nicht richtig weiß warum. Unwillkürlich
gleiten seine Blicke über ihren Körper. „Was siehst du mich so
an? Du liebst doch schwarzes Haar, dunkle Haut, die Falten
einer reifen Frau", hört er sie auf einmal schreien. Mit wild
funkelnden Augen beginnt sie ihre Bluse zu öffnen, um sie sich
im nächsten Moment vom Leib zu reißen. „Ich reize dich wohl
nicht, oder doch?"

---

[19] Eigentlich „Rotwein", in Kolumbien auch für schwarzen Kaffee
gebraucht

49

Schicksalsschläge

Es vergehen einige Monate bis Paul erneut nach Bogotá reisen muss. Er ist guter Dinge, denn er kennt sich mittlerweile dort gut aus, und hat das Gefühl, alles schnell im Griff zu haben. Zudem sehnt er sich danach, die *Finca* in den *Llanos* wieder besuchen zu können. *‚La Añoranza'*, ‚Die Sehnsucht'! Was für ein passender Name. Kaum in Kolumbien angekommen, warten neue Überraschungen auf ihn. Sichtlich niedergeschlagen erklärt ihm Alfonso, dass er persönlich finanziell am Ende ist und die *Finca* verkaufen muss. Nun verrät er ihm auch, dass er schon kurz nach ihrer Begegnung mit der Guerilla erfahren musste, was deren Boss seinerzeit meinte, als er auf die Frage, ob die Summe, die sie ihm angeboten hatten, ausreicht, „Für den Moment schon", geantwortet hatte. Es waren nur wenige Wochen vergangen, bis die Guerilla über einen Gewährsmann erneut Kontakt mit ihm aufnahm. Mit wilden Drohungen forderte man eine hohe Geldsumme und schilderte ihm in allen Einzelheiten, was geschehen würde, wenn er ihre Wünsche nicht unverzüglich erfüllen sollte. Ihm blieb nichts anderes übrig, als zu zahlen, wollte er nicht sein Leben oder das seiner Frau riskieren. So hatte er alle seine Ersparnisse verloren und sah sich dazu gezwungen, auch die *Finca* aufzugeben, um zu überleben.

Du kannst die *Finca* doch nicht verkaufen! Du darfst sie nicht verkaufen!" „Lässt sich das denn nicht irgendwie vermeiden? Höchst erstaunt über sich selbst, und ohne eine Erklärung dafür zu haben, spürt Paul, wie sehr der Gedanke eines Verkaufs der *Finca* auch ihn schmerzt. Alfonso ist verzweifelt. „Ich habe mir endlos den Kopf darüber zerbrochen. Vielleicht fällt dir noch etwas ein. Ich sehe jedoch keine andere Lösung mehr." Ohne es wirklich zu merken, sind sie zum „Du" übergegangen.

„Und wenn ich dir etwas Geld leihe?" Zögernd verfolgt Paul seinen Gedanken weiter. „Wie viel würdest du denn benötigen, um den Verkauf vermeiden zu können?" „So viel, um über die bevorstehende Trockenzeit hinwegzukommen. In der Regenzeit muss ich kein Futter mehr kaufen und habe genug Einnahmen. Dann lohnt es sich wieder, das eine oder andere Zebu zu schlachten. Außerdem gibt es auch mehr Früchte." Beide rechnen fieberhaft und gelangen schließlich zu einem ausgefeilten Rettungsplan. Paul ist dabei fast zum Experten für die Tier- und Pflanzenzucht in Kolumbien geworden. Die Summe des dafür erforderlichen Darlehens ist beachtlich. Mühsam ringt sich Alfonso zu einem Vorschlag durch. „Was hältst du davon, wenn ich dir die *Finca* als Sicherheit formal überschreibe. Nach Rückzahlung des Darlehns, einschließlich der Zinsen, gibst du sie mir wieder zurück. Sie dürfte weit mehr wert sein, als das Darlehn." Aus der Firma hat Paul Alfonso als wenig glückhaften, aber sehr korrekten und zuverlässigen Geschäftsmann kennengelernt. Auch wenn seine Frau ihn endgültig für verrückt erklären wird, entscheidet er sich schließlich dazu, Alfonso das notwendige Darlehen zu gewähren.

Mit dem Geld in der Hand und voller Hoffnung, die Finca jetzt doch noch für sich retten zu können, macht sich Alfonso, sobald wie möglich, auf den Weg dorthin, um die vielen anstehenden Probleme zu regeln. Maria und Gloria wussten, dass Alfonso in finanziellen Nöten steckte und vermuteten, dass sich dahinter die Guerilla verbarg. So freuen sie sich für ihn, als er ihnen mit gesenkter Stimme und bedeutsamer Miene anvertraut, dass er mit Pauls Hilfe nun genug Geld bei sich hat, um nicht nur seine Schulden bei ihnen und verschiedenen anderen Leuten zu bezahlen, sondern endlich auch einige dringend notwendige Dinge anschaffen kann.

Morgen wird er eine Bestandsaufnahme machen und schon übermorgen früh als Erstes ins Dorf fahren und die fehlenden Sachen besorgen. Nachdem er die *Finca* am nächsten Tag wie geplant ausgiebig inspiziert hat, sitzt er am Abend mit seinem Verwalter zusammen und geht mit ihm noch einmal alle zu lösenden Aufgaben durch. Es ist spät geworden, als sie schließlich fertig sind. *„Buenas noches Patron."* Auch Enrique ist froh, dass sich nun eine Lösung der Probleme abzeichnet. Allerdings ist er noch skeptisch. „Hoffentlich lässt uns das Glück diesmal nicht wieder im Stich!"

Alfonso lässt sich durch sein besorgtes Gesicht aber nicht irritieren. Erleichtert liegt er in seiner Hängematte auf der Veranda, raucht eine Zigarre und beschließt, nach langer Zeit endlich wieder sein Dasein unbeschwert zu genießen. Doch es will ihm nicht so recht gelingen. Stattdessen erfasst ihn eine rätselhafte Unruhe. Er starrt nach draußen. Es ist stockdunkel. Selbst die gerade einen Steinwurf weit von ihm entfernten hohen Palmen kann Alfonso kaum mehr erkennen, die vertrauten Bananenstauden dahinter nur noch erahnen. Ihre Schatten wirken auf ihn plötzlich, als stünden dort unheimliche Gestalten, die ihn reglos beobachten. Vorboten eines herannahenden Unheils. Es ist ungewöhnlich still. Das übliche Konzert der Tiere im Busch ist fast verstummt. Nur die Mücken quälen Alfonso gnadenlos. Eine seltsam bedrückende Stimmung lastet auf dem Buschland.

Enrique und seine Frau schlafen bereits tief, als in der Ferne auf einmal ein Motorgeräusch zu hören ist. Alfonso schreckt hoch. Noch ist es weit weg, doch zweifellos nähert es sich der *Finca.* Überrascht springt Alfonso aus der Hängematte und läuft neugierig zum Einfahrtstor des Wirtschaftsgeländes. Wie immer steht es weit offen. Es lässt sich wohl auch nicht mehr verschließen. Wozu auch? Jeder der die *Finca* betreten will, kann das genauso gut an unzähligen anderen Stellen tun. Das Motorengeräusch wird lauter und das Licht der Scheinwerfer gleitet über die ersten Büsche und Bäume der *Finca*. Ihm ist völlig rätselhaft, wer ihn um diese Zeit noch besuchen kommt. Dann biegt ein Fahrzeug um die Ecke zur Einfahrt und kommt direkt auf ihn zu. Er versucht, etwas zu erkennen, doch geblendet von den Scheinwerfern, ist das unmöglich. Das Auto stoppt und jemand steigt aus. Eine ihm unbekannte Stimme ruft ihn an. „Alfonso?" Eine Hand vor Augen blinzelt Alfonso in das grelle Licht und bemüht sich erneut herauszufinden, wer da kommt. Vergeblich. Hilflos steht er wie auf einer Bühne im Rampenlicht. „Wer ist da? Kannst du nicht das verdammte Fernlicht ausschalten?" Keine Reaktion, keine Antwort. Stattdessen ein kurzes, höhnisch klingendes Gelächter. „Hast du für späte Gäste noch etwas zu trinken?" Offenbar ist der Mann dort vor ihm nicht alleine. Beunruhigt überlegt Alfonso, was er am besten tun soll. „Wer seid ihr?" Wieder keine Antwort. Ob sich dort jemand mit ihm einen Spaß macht? Oder schwebt er in ernster Gefahr? Er hat nichts, um sich gegebenenfalls verteidigen zu können. Nach Enrique zu rufen, wäre wenig hilfreich. So bleibt ihm nichts anderes übrig, als zunächst den freundlichen Gastgeber zu spielen.

„Hier soll niemand verdursten. Folgt mir." Er dreht sich um und geht zurück auf die Veranda. Der Wagen fährt ihm langsam hinterher und stoppt vor dem Haus. Endlich erlöschen die Scheinwerfer. Zwei Männer steigen aus und kommen auf ihn zu. Eine dritte Gestalt bleibt seinen Blicken weitgehend verborgen im Fahrzeug sitzen. Alfonso hat die beiden noch nie gesehen. Einer von ihnen ist klein und gedrungen. Ein mächtiger Schnauzbart verdeckt einen großen Teil seines Gesichts. Mit stechenden Blicken aus eiskalten Augen mustert er Alfonso. Der andere, groß und breitschultrig, strotzt vor

Kraft, überlässt das Reden aber seinem Gefährten. Obwohl es mitten in der Nacht ist, trägt er noch immer seinen Strohhut. Wieder versucht Alfonso etwas über seine Gäste zu erfahren „Wer seid ihr? Was wollt ihr?" „Gib uns erst einmal etwas zu trinken." Wut steigt in Alfonso auf, doch er wagt es nicht, ihre Bitte abzuschlagen.

Als er mit drei Bierflaschen in der Hand zurückkommt, haben es sich die beiden in den Hängematten bequem gemacht. *„Cerveza Polar! Chévere! Contrabando, verdad*?" Polar-Bier! Sehr gut! Schmuggelware, nicht wahr?" Gierig greift der Schnauzbärtige nach dem venezolanischen Bier. „Schön hast du es hier." Entsetzt bemerkt Alfonso, dass er auf einmal einen Revolver in der Hand hält und gelangweilt damit spielt. „Wie man hört, hast du eine ganze Menge Geld im Haus und ein großes Herz. Wie wäre es mit einer kleinen Unterstützung für unsere kranke Mutter, *Hermano*?" Überrascht starrt Alfonso ihn an. Woher kann er etwas von dem Geld wissen? Irgendjemand muss ihn in der *Tienda* belauscht haben, als er den beiden Frauen davon berichtet hat. Eine andere Erklärung fällt ihm nicht ein. Dass eine der beiden Frauen das herumerzählt hat, kann er sich nicht vorstellen. Oder haben die Kerle vielleicht schon von irgendeinem Komplizen in Bogotá einen Tipp bekommen? „Ich weiß nicht, wer euch das erzählt hat. Es wäre zu schön, wenn ihr recht hättet, aber leider habe ich nur überall Schulden."

Deutlich sichtbar verhärtet sich das Gesicht des Schnauzbärtigen. Alfonso meint zu spüren, wie die Blicke des Mannes nun wie Feuer auf seiner Haut brennen. Furcht überkommt ihn. Was immer die Männer von ihm wollen, ihm ist klar, dass er ihnen hilflos ausgeliefert ist. In jedem Kampf würde er ihnen hoffnungslos unterlegen sein, selbst wenn er eine Waffe hätte. Auch an Flucht ist jetzt nicht mehr zu denken. Vermutlich würde er dem dritten Mann, den sie sicher als Wächter draußen gelassen haben, in die Arme laufen. Eine Weile schweigen alle. Nur die Schreie eines Tieres draußen im Busch zerreißen die erdrückende Stille.

Schließlich nimmt der Schnauzbärtige das Gespräch wieder auf. Dabei bleibt er unverändert bei demselben Plauderton wie zuvor. „Und das Geld, das dir der *Gringo* gegeben hat? Was ist damit?" „Welcher *Gringo*?" Verzweifelt versucht Alfonso, sie abzuwehren, doch offenbar verfügen sie über sehr genaue Informationen. Schweiß steht ihm auf der Stirn. Dennoch bleibt er fest entschlossen, das mühsam beschaffte Geld nicht herauszugeben. Schließlich hängen daran seine letzten Hoffnungen. Ohne das Geld wäre er endgültig verloren.

Der Schnauzbärtige wirft seine leere Bierflasche achtlos auf den Boden und springt aus der Hängematte. „Schluss jetzt mit der gemütlichen Runde. Wo ist das Geld?" Auch der einfältig wirkende Kraftprotz kommt drohend auf Alfonso zu, sagt aber weiterhin kein Wort. Doch Alfonso rührt sich nicht. „Wie du meinst. Dann werden wir uns einmal deine Tiere näher ansehen." Ohne weitere Erklärungen gehen sie hinüber zum *Corral*. Verstört folgt ihnen Alfonso, um zu sehen, was sie jetzt im Schilde führen. Am *Corral* angelangt ist es wieder der Schnauzbärtige, der das Wort ergreift. „Schöne Tiere, deine Zebus! Vor allem der mächtige Zuchtbulle. Vielleicht ist er sogar mehr wert als du im Haus versteckt hast? Schon allein für sein Fleisch bekommst du bestimmt eine Menge Plata[20] . Da wird doch etwas für uns übrig sein. Oder was meinst du?"

---

[20] Eigentlich Silber. In Kolumbien üblicherweise auch für Geld gebräuchlich

„Ich werde den Bullen doch nicht für sein Fleisch töten. Das wäre absurd." Allein bei der Vorstellung stehen ihm die Haare zu Berge. „Keine Sorge, du musst ihn nicht töten. Ich werde dir dabei helfen!" Unvermittelt zieht er seinen Revolver und schießt. Der Bulle bäumt sich kurz auf, knickt dann aber sofort ein und sinkt tot zu Boden. Stumm vor Entsetzen starrt Alfonso auf das Tier. „Ein schlechtes Geschäft für dich. Du hättest uns besser das Geld gegeben." Willst du noch so ein Geschäft machen?" Wieder zieht er seinen Revolver. „Nicht die Tiere!", stammelt Alfonso und gibt sich geschlagen. „Ihr bekommt das Geld." „Warum nicht gleich so, dann würde der Bulle noch leben." Mit einem diabolischen Grinsen folgt ihm der Schnauzbärtige in das Haus. Alfonso holt das Geld aus seinem Versteck. Wortlos übergibt er es ihm.

Als die beiden Räuber in ihr Auto steigen, erscheint neugierig das Gesicht des Dritten, der im Wagen geblieben ist, an der Fensterscheibe. Alfonso trifft fast der Schlag. Mit einem heiseren Schrei macht er seiner Überraschung Luft. Er weiß nun woher die Gangster ihre Informationen haben: Das Gesicht gehört unverkennbar Carlos, dem Helfer in Marias *Tienda*. „Carlos? Du bist also der elende *Cabrón*[21], der mich verraten hat!" Außer sich vor Zorn schlägt er mit der Faust gegen das Autofenster. Unbeeindruckt davon startet der Schweigsame den Motor und gibt Gas. „*Imbécil*! Du Idiot!" Wutentbrannt fällt der Schnauzbärtige im Auto über Carlos her. Selbst als sie schon ein gutes Stück entfernt sind, hört Alfonso ihn noch immer brüllen. „Wie oft habe ich dir gesagt, du darfst dich auf keinen Fall sehen lassen ..." Dann ist das

---

[21] Ordinäre, beleidigende Anrede

Fahrzeug in der schwarzen Nacht verschwunden. Verzweifelt geht er noch einmal zum *Corral* zurück. Er ist am Ende.

Schwarze Wolken verhüllen den Himmel. Es fängt an zu regnen. Erschüttert beugt er sich über das tote Tier. Unbändige Wut überkommt ihn. Carlos! Das wirst du mir bitter büßen. Triefend vor Nässe sitzt er wie versteinert da und schmiedet wilde Rachepläne. Sein Haar klebt wirr am Kopf, Wasser läuft in Strömen über ein hasserfülltes Gesicht. Überall um ihn herum bilden sich schnell immer größere Pfützen. Die Welt scheint im Schlamm zu versinken. Ihm kommt die Idee, dass er über Carlos vielleicht sogar die beiden Verbrecher finden und sich sein Geld zurückholen kann. Für einen kurzen Moment keimt neue Hoffnung in ihm auf. Doch seine Energie ist erloschen, alle Zuversicht verloren und so verwirft er den Gedanken gleich wieder. Die Ereignisse haben ihn gebrochen. Das Rauschen des mächtigen tropischen Regenschauers wird stärker und stärker. Immer weiter allem entrückt, nimmt er seine Umgebung kaum noch wahr. So bemerkt er nicht, dass sich jemand lautlos dem *Corral* nähert. Plötzlich spürt er einen Revolver an der Stirn. „Sorry, aber du kannst uns zu gefährlich werden!" Ein dumpfer Knall. Alfonso sackt zusammen. Mit starren, offenen Augen liegt er regungslos am Boden. Regen wäscht sein Blut weg. Langsam versinkt er ebenfalls im Schlamm. *La Añoranza*, die ‚Sehnsuct', hat ihren Besitzer endgültig verloren.

Von all dem kann Paul im fernen Deutschland natürlich nichts ahnen. Gleich nach seiner Rückkehr von seiner letzten Kolumbienreise hatte ihn schnell wieder der nüchterne Alltag gefangen genommen. Zahllose Pflichten und Probleme lassen ihm kaum Zeit, über seinen Landerwerb in den *Llanos* weiter nachzudenken. Doch er ist sicher, dass Alfonso alles Notwendige tun wird, um *La Añoranza* zu bewahren und das

Darlehn zurückzahlen zu können. Für Anne ist Kolumbien erst recht schon fast in Vergessenheit geraten, als Paul eines Abends entsetzt und verstört aus dem Büro nach Hause kommt. „Was ist denn Schreckliches geschehen? Du siehst ja furchtbar aus?" Ängstlich wartet Anne auf seine Erklärung. Mühsam stammelt er leise: „Alfonso. Alfonso." „Wer ist Alfonso? Was ist geschehen?" „Alfonso ist verstorben!" Jetzt erinnert sie sich wieder daran, dass er ab und zu von einem Alfonso in Kolumbien gesprochen hat. „Das ist sicher sehr traurig, aber was ist daran für dich so furchtbar?" Verblüfft von ihrer Frage beruhigt er sich ein wenig. Sie hat recht. Er hat darauf eigentlich keine vernünftige Antwort. Durch die häufige Zusammenarbeit in der letzten Zeit hatte er durchaus freundschaftliche Gefühle für Alfonso empfunden. Die gemeinsamen Interessen und schicksalhaften Erlebnisse hatten die beiden Männer natürlich verbunden. Dennoch war das Verhältnis zueinander nicht so eng, dass es den Aufruhr seiner Gefühle rechtfertigt, den er zu empfinden glaubt. Doch zu den Gedanken über den Tod des Freundes kommt noch die Erkenntnis, nun über Nacht womöglich endgültig Eigentümer der *Finca* geworden zu sein. Nachdem, was Alfonso ihm erklärt hatte, sind weder Alfonsos Frau, noch ein in USA lebender Sohn in der Lage und bereit dazu, das Darlehn zurückzuzahlen. So faszinierend die *Finca* auch ist, wie soll er sie bewirtschaften? Nicht nur die Entfernung macht das praktisch unmöglich, sondern er hat auch keinerlei Ahnung davon. Das alles gilt es jetzt auch noch Anne zu erklären.

„Du musst total verrückt gewesen sein. Wie konntest du dich auf so etwas einlassen!" Nun ist es Anne, die entsetzt und verstört ist. „Eine Farm in Kolumbien zu kaufen! Ich kann es nicht fassen." „Ich habe einem Freund ein Darlehn gegeben und die *Finca* dafür nur als Sicherheit genommen. Das ist etwas anderes. Wie konnte ich ahnen, dass er sobald verstirbt." Doch sie hört ihm nicht mehr zu. Tagelang spricht sie kaum noch mit ihm und will von seiner ‚*La Añoranza*' nichts mehr wissen. Doch es kommt für sie noch schlimmer. Sein Chef drängt Paul immer stärker, die Geschäftsführung der Landesgesellschaft zu übernehmen, zumindest bis ein Nachfolger für Alfonso gefunden worden ist. Schließlich kenne er die Gesellschaft und ihre Probleme wie kein anderer. Paul wagt nicht daran zu denken, was geschieht, wenn er nun auch noch mit dieser Nachricht nach Hause kommt. So beschließt er, Anne zunächst nichts davon zu sagen, und hofft, dass es ihm gelingt, diesen Einsatz zu vermeiden. Doch obwohl er sich mit allen Kräften dagegen wehrt, bleibt ihm am Ende nichts anderes übrig, als wenigstens vorübergehend doch nach Kolumbien zu gehen. Anne ist erwartungsgemäß außer sich vor Zorn. „Dann tue das, aber ohne mich! Sieh zu, wie du damit alleine klarkommst. Am besten du ziehst gleich auf deine Farm. Vielleicht findest du dort auch eine neue Frau."

Ihre letzte Bemerkung triff ihn wie ein heftiger Stromschlag. Vor ihm taucht auf einmal das Bild von Maria auf. Er sieht ihr strahlendes Gesicht, wenn sie erfährt, dass die *Finca* nun ihm gehört, und sie ihn daher sicherlich öfter sehen wird. Doch dann wird er wieder nüchterner. Tatsächlich erleichtert ihm der Job in Bogotá, sich um die *Finca* zu kümmern und sie vielleicht ohne Verlust verkaufen zu können. In seinen Sorgen gefangen, nimmt er zunächst kaum wahr, wie Anne wenig später tränenüberschüttet zu ihm kommt und schluchzend seine Nähe sucht. Als er es endlich merkt, versucht er sie zu trösten. „Ich werde dort doch nur solange gebraucht, bis ein neuer Geschäftsführer gefunden ist. Vielleicht gelingt das schnell und ich bin schon bald wieder hier. Außerdem denke daran, dass ich erheblich mehr verdienen werde." Doch alle seine Bemühungen bleiben fruchtlos. Für sie ist ihre heile Welt unwiderruflich zusammengebrochen.

Eifersucht

Die Suche nach einem Geschäftsführer gestaltet sich allerdings nicht so einfach, wie er mit seinen beruhigenden Worten Anne weiszumachen versucht. Im Gegenteil. Es finden sich kaum Kandidaten. Erst kurz nach der Ankunft in Bogotá hatte Paul zu seinem Entsetzen erfahren, das Alfonso nicht eines natürlichen Todes gestorben war, sondern auf seiner Finca erschossen worden ist. Weder zur Tat noch zu den Hintergründen konnte man ihm viel sagen. Man wusste nur, dass Enrique eines Morgens seine Leiche gefunden hatte. Weder er noch seine Frau hatten von irgendwelchen Ereignissen in der Nacht etwas mitbekommen. Erst das laute Gekreisch mehrerer dicht über dem *Corral* kreisender Raubvögel hatten ihn stutzig gemacht. Neugierig war er nachsehen gegangen, was dort geschieht, als er die Leiche seines Bosses neben dem toten Zebu liegen sah. Lange kam er über den Schock nicht hinweg.

Alfonsos Tod hatte sich in Windeseile in der Gegend herumgesprochen. Natürlich dachte man sofort an die Guerilla. Überall hielten sich eisern die Gerüchte, nach denen die Guerilla mit ihm kurzen Prozess gemacht hatte, weil er sich gegen ihre Geldforderungen oder andere Anweisungen gewehrt haben soll. Manche vermuteten die Gründe in der Firma. Doch das sind alles reine Spekulationen gewesen. Die Vorgänge um Alfonsos Tod blieben und bleiben auch weiterhin ungeklärt. So ist es natürlich nicht überraschend, wenn niemand seinen Job haben will.

Auch Paul fühlt sich in seiner Haut nicht mehr wohl. Ständig muss er an die Begegnung mit der Guerilla zurückdenken. Alles spricht dafür, dass sie von dem Darlehn erfahren hat und noch einmal abkassieren wollte. Was, wenn die Guerilla mitbekommen hat, dass er nun der neue Eigentümer ist? Wird sie ihn ebenso erpressen? Dennoch macht Paul unbeirrt weiter und wie so vielen Menschen in Kolumbien gelingt es ihm mit der Zeit, die Gefahren weitgehend zu verdrängen. Trotz der Besorgnis um seine Sicherheit beginnt er sich an das Leben mit dem Risiko zu gewöhnen und beschließt sogar, sich auch wieder auf die *Finca* zu wagen, um dort nach dem Rechten zu sehen.

Anne erfährt von all dem nichts. Zwar berichtet Paul ihr regelmäßig von seinen Erlebnissen, hält es jedoch für besser sie nicht unnötig zu beunruhigen und solche Informationen lieber wegzulassen. Seine Berichte klingen meist eher wie Geschichten, die ein Vater seinem Kind zum Einschlafen vorliest. Dabei geht er davon aus, dass Anne in ihrer eigenen Welt lebt und seine Erzählungen ohnehin nur oberflächlich wahrnimmt. Das soll sich jedoch als großer Irrtum erweisen.

Trotz Angst und Verzweiflung, oder vielleicht gerade deshalb, studiert sie jeden seiner Berichte sehr sorgfältig und versucht auch zwischen den Zeilen zu lesen. Sie beginnt sich ausführlich über Kolumbien zu informieren und lernt intensiv Spanisch. Mit jeder neuen Nachricht von Paul wächst ihre Neugier, mehr über jene fremde Welt und sein Leben dort zu erfahren. Wer mag diese Maria sein, die er ab und zu erwähnt. Ob er mit ihr ein Verhältnis hat?

Es ist schon dunkel, als Paul bei Maria eintrifft. Sie empfängt ihn mit großer Freude und Herzlichkeit, doch bedrückt kommen sie sofort auf die schrecklichen Ereignisse zu sprechen. „Der arme Alfonso!" „Was wird nun wohl aus seiner *Finca?*" „Sie gehört jetzt mir!" Sprachlos sieht sie ihn an. Genau wie er sich das in seinen Fantasien bereits vorgestellt hatte, strahlt ihr Gesicht jetzt vor Freude. „Dann wirst du öfter hier sein? Aber Deutschland ist weit." Nachdem er ihr auch erzählt hat, dass er nun erst einmal in Bogotá bleibt, fällt sie ihm begeistert um den Hals. Doch gleich darauf verfinstert sich ihr

Gesicht. Tränen treten plötzlich in ihre Augen. Sie wischt sie unauffällig weg. „Sicher wird dann deine Frau bald nachkommen! Oder ist sie schon in Kolumbien?" „Nein, sie ist nicht hier. Sie wird auch nicht kommen. Sie würde niemals auf ihr geordnetes Leben in Deutschland verzichten. Schon gar nicht, um in einem Land wie Kolumbien zu leben. Für sie ist das hier furchterregende Wildnis, in der man als an die Zivilisation gewöhnter Mensch niemals leben kann." Langsam beruhigt sich Maria und ihre Zuversicht und Freude kehrt zurück. „Wie kann man so denken?" „Das fragst du mich nach dem, was mit Alfonso geschehen ist?" Doch Maria scheint seine Bemerkung überhört zu haben. Vielleicht hat sie sie auch nicht verstanden. Stattdessen blickt sie Paul mitleidig an. „Die Ärmste! Sie weiß nicht, wie schön es hier sein kann."

Maria bemerkt, wie Paul auf seine Uhr sieht. „Du willst doch bei diesem Regen nicht etwa noch zu deiner *Finca* weiterfahren?" Tatsächlich trommeln jetzt sintflutartig herabfallende Wassermassen so laut auf das Blechdach, dass Maria fast schreien muss, damit er sie verstehen kann. „Ich hole uns rasch ein Bier." Bevor sie in der Hütte verschwindet, dreht sie sich noch einmal um und sieht ihn mit einem verklärten Blick über die Schulter an. „Wir sind heute übrigens ganz alleine. Gloria ist für ein paar Tage zu einer Tante in ein Dorf weit flussabwärts gefahren und Kunden werden bei dem Wetter und um diese Uhrzeit sicher nicht mehr kommen." Ohne einen Kommentar von ihm dazu abzuwarten, ist sie im Haus verschwunden. Das Rauschen in dem dichten Grün um die Hütte wird stärker und stärker. Der Busch dampft.

Es dauert eine Weile, bis sie mit dem Bier und einer Flasche *Aguardiente* zurückkehrt. Eilig hat sie sich umgezogen und die Lippen rot gemalt. Einen Versuch ihr Haar etwas zu bändigen hat sie sehr bald wieder aufgegeben. Sie trägt jetzt ein kleines schwarzes Spitzenkleid. Vermutlich war es von seinem Hersteller eher einmal als Nachthemd gedacht. An mehreren Stellen ist es zerrissen. Was auch immer es war oder ist, jedenfalls verbirgt es nur noch wenig von ihrem Körper. Etwas verlegen blickt sie an sich herunter. „Dies ist mein bestes Kleid, was Besseres habe ich leider nicht." Lachend zuckt sie mit den Schultern und gibt ihm einen flüchtigen Kuss auf die Wange. „Aber ist auch egal. Jetzt feiern wir den neuen Eigentümer von ‚La Añoranza'."

Für einen Moment plagt Paul das schlechte Gewissen, dass er im Begriff ist, Anne untreu zu werden. Doch gefesselt von der Exotik dieser ihm bislang völlig fremden Umgebung hat er das Gefühl, als ob seine Frau in eine andere Welt und ein anderes Leben gehört und er sie deshalb gar nicht betrügen kann. Hinzu kommt die ungewohnte Nähe zur Natur. Das enge Zusammenleben mit verschiedensten Tieren führt zu manchen anderen Gewichtungen und Verhaltensmustern der Menschen hier draußen als die eines Großstädters, der höchstens Hund oder Katze kennt. So sieht er nichts Verwerfliches mehr darin, wenn er den Reizen dieser aufregenden Frau erliegt. Warum sollte er anders reagieren, als im Zweifel alle anderen Lebewesen um ihn herum auch? Vor allem aber sind in seiner Euphorie über die Entdeckung der Freiheit der Wildnis bisher geltende Hemmschwellen gefallen.

Der Regen lässt nach. Das Zirpen der Grillen wird nun wieder lauter. Eng aneinander geschmiegt lauschen sie schweigend in die Nacht. Immer wieder muss Paul sie ansehen. Ihre Augen strahlen vor Glück. Im schwachen Licht einer Petroleumlampe wirkt sie auf ihn geheimnisvoll, fast unwirklich.

Am nächsten Morgen wird er von heftigem Lärm geweckt. Eine ihm unbekannte, zornige Männerstimme dringt von der

Kochstelle zu ihm. Sie wird lauter und lauter. Dazwischen meint er Maria zu hören. Zunächst kann er nicht verstehen, worum es geht. Doch mit der zunehmenden Lautstärke wird klar, dass der Mann Maria heftige Vorwürfe macht. Temperamentvoll setzt sie sich allerdings dagegen zur Wehr. Pauls Spanisch ist zwar mittlerweile erheblich besser geworden, doch er versteht dennoch nur wenige Fetzen von dem Streit. Allerdings genug, um zu wissen, dass es um ihn geht. Der Mann beschimpft Maria offenbar rüde, weil sie ihn hier schlafen gelassen hat. Er fragt sich, wer das Recht haben mag, ihr Vorschriften zu machen, wen sie in ihrem Hause übernachten lässt. Ob ihr verschollener Mann wieder zurückgekehrt ist? „Wenn der *Gringo* noch einmal hier schläft, bekommst du richtig Ärger und wirst das bitter bereuen. Sollte er es wagen, dich anzufassen, bringe ich ihn um!" Eine Autotür schlägt zu und Paul hört, wie ein Motor gestartet wird und ein Auto mit hoher Geschwindigkeit davonfährt.

Neugierig, aber vor allem empört über die Behandlung von Maria, ist er aus dem Bett gesprungen und eilt zu ihr. Er trifft sie im Küchenraum, wo sie wütend einen Topf auf die eiserne Herdplatte krachen lässt. Ihre Augen gleichen denen eines wilden Tieres. „Was ist los? Wer war das?" Voller Sorge nimmt er sie in den Arm. „Das war José. Der Hurensohn stellt mir schon seit Langem nach und bildet sich ein, über mich bestimmen zu können, nur weil er in der Gegend ein einflussreicher und gefürchteter Grundbesitzer ist. Da er Geld und Macht hat und noch dazu ein attraktiver Mann ist, ist jede Frau hier wie läufig hinter ihm her. Bei mir hat er sich allerdings getäuscht. Er erzählt zwar überall herum, er habe mit mir schon mehrmals geschlafen, und ich hätte ihm zahllose Versprechungen gemacht. Das ist aber alles gelogen.

Ich will von ihm nichts wissen und lasse mich auch nicht von ihm unter Druck setzen."

„Hat er denn schon mal versucht mit dir zu schlafen?" Zornesröte steigt in Pauls Gesicht. „Natürlich, verschiedene Male, aber ich konnte ihn bislang immer erfolgreich abwehren." „Hast du Angst vor seinen Drohungen oder sind das nur leere Worte?" „Ich fürchte, dem *Cabrón* ist durchaus zuzutrauen, dass er seine Drohungen tatsächlich wahr macht. Angeblich hat er schon öfter bewiesen, zu allem fähig zu sein, wenn er sich verliebt hat. Man erzählt sich, dass er einmal einen unliebsamen Konkurrenten sogar beseitigt haben soll. Er hat dabei auch nichts zu fürchten. Hier gibt es weit und breit niemand, der es wagen würde, sich gegen ihn zu stellen." Maria und Paul sind sich jedoch einig, nicht hinzunehmen, dass José ihnen vorschreibt, was sie zu tun oder zu lassen haben.

Trotz aller Vorsicht erfährt José seltsamerweise immer wieder, wenn Paul in der Gegend auftaucht und erstaunlich viele Einzelheiten über seine Besuche bei Maria. Paul hatte einmal den Gedanken, dass Gloria dahinterstecken könnte, um ihre Mutter zu ärgern und sich dafür zu rächen, dass sie das Spiel um ihn verloren hat. Doch vor Kurzem hat Gloria Gabriel, einen jungen, attraktiven Burschen mit langer, blonder Mähne und blauen Augen kennengelernt. Gabriel hat auf einer benachbarten *Finca* die Stelle des Verwalters übernommen und wann immer möglich, ist sie mit ihm zusammen. Ihr Interesse an Paul ist seitdem deutlich abgekühlt. Somit hält Paul es für ausgeschlossen, dass sie noch immer aus Eifersucht soweit gehen würde, sich mit José gegen ihre Mutter zu verbünden. Laura scheidet auch aus, da sie José seit einer Liebesnacht aus irgendwelchen Gründen verachtet und abgrundtief hasst. Auf die Idee, dass der verschlagene Carlos die Informationen an José weitergeben könnte, kommt er jedoch nicht.

Als Paul das nächste Mal anreist, ist José jedenfalls wieder bestens darüber informiert und lauert ihm auf. Wild entschlossen, dem *Gringo* klar zu machen, mit wem er es hier zu tun hat, steht er etwas abseits von Marias *Tienda* im Schatten zweier großer Bäume. José ist ein stattlicher, großer Mann um die Fünfzig. Bart und Schläfen sind bereits stark ergraut und vermitteln den Eindruck von Erfahrung und Weisheit. Zugleich bezeugt sein sonnengegerbtes Gesicht, dass er nicht nur am Schreibtisch sitzt, sondern von langen Ausritten, um seine weitläufigen Ländereien zu kontrollieren. Stets gepflegt, elegant gekleidet und charmant, strahlt er zweifellos eine gewisse Würde aus. Sein patriarchalischer Auftritt erinnert an einen *Hacendado*[22] aus längst vergangenen Zeiten und verfehlt bei den einfachen Leuten der Gegend keinesfalls seine Wirkung. Doch hinter der Fassade verbergen sich weniger edle Züge. Machtbesessen, geldgierig und eitel verfolgt er skrupellos seine Interessen. Auch wenn andere ihn fürchten, ist es mit seinem eigenen Mut nicht weit her. Geschickt gelingt es ihm, zu verbergen, dass er eigentlich ein Feigling ist.

Er hat sein Auto schon ein paar Hundert Meter von der Hütte entfernt abgestellt, damit man es von dort aus nicht sieht. So kann Maria von der drohenden Gefahr nichts ahnen und Paul nicht warnen. Genüsslich zieht er an einer großen Zigarre. „El Flaco", „Der Dürre", einer seiner Arbeiter begleitet ihn. Trefflicher als mit seinem Spitznamen kann man ihn nicht beschreiben. Wenn man ihn sieht, denkt man unwillkürlich an

---

[22] Eigentümer einer Hacienda, Großgrundbesitzer

ein Skelett, dass nur noch von einer dünnen, papierartigen und ihm viel zu großen Haut verhüllt wird. Über seinen dürren Beinen schlottert eine völlig verdreckte Hose, die ihm ebenfalls mehrere Nummern zu groß ist. Er verliert sie nur deshalb nicht, da er sie mit einem breiten Gürtel über dem Beckenknochen eng festgeschnürt hat. Auf seinem nackten Oberkörper zeichnet sich jede einzelne Rippe deutlich ab. Mit einer Mischung aus kindlicher Schadenfreude und Sadismus eines Unterwürfigen sieht er zu seinem Herrn auf. Dabei zeigt er seine bislang hinter den Bartstoppeln verborgenen, gelben Zähne. „Jetzt werden wir ihm eine Lehre erteilen, die er nicht so schnell vergessen wird." Eifrig zieht er seine *Machete*[23] aus der Scheide. „Du machst überhaupt nichts, bevor ich dir das sage! Verstanden?", herrscht ihn José an. Gehorsam nickt er und schweigt beleidigt.

Während er ungeduldig auf neue Befehle wartet, fährt er immer wieder mit einem Finger prüfend über die scharfe Klinge seines Buschmessers. Jetzt soll ihm nur jemand zu nahe kommen! Er ist bereit und wird jedem Gegner das Fürchten lehren! Gerade hat er eine zu seiner Drohung passende, besonders schaurige Miene aufgesetzt, als José mit einer temperamentvollen Bewegung seinen Arm hebt, um auf seine Uhr zu schauen. Erschrocken zuckt El Flaco zusammen und schneidet sich prompt tief in den Daumen. Die eben noch furchterregende Grimasse verwandelt sich rasch in das Gesicht eines wehleidigen Kleinkindes. Verlegen und leise fluchend schielt er zu seinem Boss und wischt sich möglichst unauffällig das Blut ab.

---

[23] Langes Buschmesser

Doch José beachtet ihn überhaupt nicht. „Wo bleibt denn der Kerl? Er wollte doch schon längst hier sein." Sollten seine Informationen doch nicht stimmen? „Hoffentlich warten wir hier nicht umsonst." Die Sonne ist längst untergegangen, und es beginnt zu dämmern. Nirgends ist jemand zu sehen. Die Tische unter dem Vordach sind leer. Maria ist irgendwo im Haus, und Gloria scheint weggegangen zu sein.

Endlich ist in der Ferne ein Auto zu hören. Es ist Paul. Als er aussteigt, tritt José aus dem Schatten der Bäume und stellt sich ihm in den Weg. Mit leiser, aber fester Stimme herrscht er Paul an: „*Amigo*, ich warne dich! Du lässt schön die Finger von Maria! Sie gehört mir!" Er macht eine theatralische Pause und blickt Paul an, als hätte er es mit einem unartigen Kind zu tun. Sich seiner ganzen Bedeutung, Macht und Würde bewusst, beugt er sich zu ihm und fügt in väterlichem Ton hinzu: „Solltest du das vergessen, wirst du es bitter bereuen! Tue mir das nicht an. Ich möchte doch nicht, dass dir etwas geschieht." El Flaco, der gebannt zugesehen hat, nickt beeindruckt, bleibt aber wie befohlen schweigender Zuschauer. Um die Drohung seines Chefs zu unterstreichen, spielt er wieder demonstrativ mit seiner *Machete*. Diesmal jedoch deutlich vorsichtiger.

José ist mit sich zufrieden. Wie bei solchen Auftritten gewohnt, erwartet er nun eine verängstigte Miene und folgsame Antwort des Gewarnten, bevor er, der mächtige Großgrundbesitzer und allseits bewunderte Gentleman, nach einem letzten verachtenden Blick auf sein Opfer die Bühne verlassen wird. Doch diesmal läuft alles anders. „Ich habe kein Wort verstanden. Was wollen Sie? Wer sind Sie überhaupt?" Paul ist weder beeindruckt, noch gewillt, sich von José weiter aufhalten zu lassen. Verblüfft starrt José ihn an. Zornesröte steigt in ihm auf. Seit er zurückdenken kann, ist ihm das noch nie passiert. Was bildet sich der Kerl ein! Doch José hatte natürlich nicht daran gedacht, dass ihn der *Gringo* möglicherweise gar nicht versteht. Verwirrt und verunsichert überlegt er fieberhaft, wie er nun reagieren soll. Paul tritt so überzeugend auf, dass José zu keinem Moment auf die Idee kommt, der *Gringo* könnte sehr wohl alles verstanden haben. Wütend und weit weniger würdig schreit er Paul an: „Du *hijo de puta* sollst Maria in Ruhe lassen! Ist das so schwer zu verstehen?" Fassungslos sieht er, dass Paul nun drohend auf ihn zukommt. El Flaco will schon hinzuspringen, doch José bedeutet ihm zu bleiben, wo er ist.

Als habe er José missverstanden, fährt Paul ihn zornig an: „*Maria no es una Puta*!" „Maria ist keine Hure!" Mühsam muss Paul sich das Lachen verkneifen, als José daraufhin stammelnd beteuert: „Natürlich nicht. Das habe ich nie gesagt!" Doch schnell findet José wieder zu sich. „Ich habe gesagt, du bist ein Hurensohn, ein verdammter Hurensohn!" „Du auch!", antwortet ihm Paul auf Deutsch und geht an ihm vorbei auf das Haus zu. „Was hast du gesagt?" Weiß vor Zorn, aber noch immer ratlos, was er jetzt tun soll, lässt er ihn gehen.

Durch den Lärm alarmiert, tritt Maria aus der Tür. „Was ist denn hier los?" Erschrocken erkennt sie Paul und José. Maßlos erstaunt sieht sie, wie Paul gelassen auf sie zukommt und José unter wilden Flüchen in Richtung seines Autos verschwindet. „Du bist gewarnt!", brüllt er noch einmal in Pauls Richtung. „Und du, Flaco, rührst dich hier nicht vom Fleck, bis ich morgen zurück bin. Ich will jede Einzelheit von dem wissen, was hier geschieht." *„A la orden, Patrón. Como no."* „Zu Befehl, Chef. Selbstverständlich." El Flaco setzt sich an einen der Tische und verfolgt mit finsterem Blick, wie sein Boss in der Ferne verschwindet. In derbem Befehlston ruft er Maria zu sich. „Bring mir einen Nectar[24] ! "Mit wichtiger Miene setzt er noch hinzu: „Und pass nur gut auf, was du tust. Ich werde keine Gnade walten lassen!"

Als Paul und Maria wenig später in der Hütte verschwinden, schleicht El Flaco rasch auf ihre Rückseite. Er will versuchen, dort durch einen Spalt unter dem Dachgebälk zu spähen, um herauszufinden, was in ihrem Inneren geschieht. Doch er hat nicht damit gerechnet, dass ihm die beiden eine Falle stellen könnten. Während Maria laut mit Paul redet, als stünde er neben ihr, beobachtet der amüsiert, wie El Flaco unbeholfen auf eine wacklige Kiste klettert. Seine *Machete* hat er dazu abgelegt. Konzentriert darauf sein Ziel zu erreichen und dabei nicht abzustürzen, merkt er nicht, wie Paul sie vorsichtshalber an sich nimmt. Mühsam hält sich El Flaco an einem der Dachbalken fest und nähert sich vorsichtig der Öffnung. Fast hat er es geschafft, da trifft ein kräftiger Tritt von Paul die Kiste und lässt sie umkippen. Mit einem Aufschrei fällt El Flaco auf die herumliegenden Abfälle. Das Gesicht schmerzverzerrt, blickt er ungläubig zu Paul auf. „Du Hurensohn!"

Lachend zerrt Paul ihn aus dem Müll. „Das hat dein Chef auch schon zu mir gesagt. Du brauchst jetzt wohl erst einmal einen *Aguardiente, hermano?*" Jetzt sieht ihn El Flaco fast dankbar an. „Da hast du allerdings verdammt recht." Maria füllt ihm gleich ein ganzes Wasserglas. Er hat es kaum geleert, da stellt sie ihm schon ein neues hin. Er betrachtet sie mit verschwommenen Augen. Fasziniert folgt er jeder ihrer Bewegungen. Ein paar geöffnete Knöpfe ihres Kleides gewähren ihm einen reizvollen Einblick, und er versucht mehr von ihr zu sehen. Auf einmal bildet er sich jedoch ein, die

---

[24] Bekannte Aguardiente-Marke

Stimme seines Chefs zu hören. „Sie gehört mir!" Auch ohne dessen Anwesenheit wendet er sich erschrocken von ihr ab. Mit schlechtem Gewissen greift er wieder zum Glas und leert es in einem Zuge. „Du hast ja noch kaum etwas getrunken!" Paul schüttet sein Glas wieder voll. „Lass uns auf die Liebe anstoßen." Als El Flaco ein weiteres Glas abwehren will, kehrt Maria zurück und beugt sich zu ihm. Nervös greift er neben sein fast leeres Glas und wirft es um. „Jetzt verschüttest du schon den guten Nectar." Verführerisch lächelnd füllt sie es erneut bis oben hin voll. „Das war alles sehr aufregend heute, du brauchst eine ruhige Hand, komm trink noch etwas."

Plötzlich sinkt sein Kopf vornüber auf den Tisch, und er rührt sich nicht mehr. Er bekommt auch nicht mit, wie sie ihn auf eine alte Matratze neben der umgestürzten Kiste hinter dem Haus zerren. Stolz und erleichtert fällt Maria Paul um den Hals. „Diesmal haben wir gewonnen, doch José wird uns das niemals verzeihen." „Das ist eine spätere Sorge! Lass uns morgen darüber nachdenken,"

Am nächsten Morgen erscheint José schon früh in Marias Tienda und sucht nach El Flaco. Doch zu seiner Überraschung lässt der sich nirgends sehen. Als er ihn schließlich hinter der Hütte findet, lallt der irgendetwas Unverständliches und hat ganz offensichtlich keine Ahnung, wer da vor ihm steht. „Du versoffenes Schwein! Habe ich dir nicht gesagt, du sollst hier Wache halten. Ist das deine Art Informationen zu sammeln?" Wütend tritt er nach ihm. Doch El Flaco stöhnt nur kurz auf und dreht sich auf die andere Seite. Zornig denkt José daran zurück, was für ein trauriges Bild auch er selbst gestern abgegeben hat. Glücklicherweise gibt es außer diesem Säufer keine Zeugen dafür. Andernfalls wäre seine große Autorität in der Gegend nachhaltig erschüttert.

In schlafloser Nacht ist José jedoch langsam zu der Überzeugung gelangt, dass er von Maria nichts zu erwarten hat, und seine Gefühle für sie sind deutlich abgekühlt. Stattdessen kam ihm die Idee, sich vielleicht lieber um ihre Tochter zu kümmern. So hat er beschlossen, zunächst nichts weiter gegen Maria zu unternehmen, und lässt sich nicht mehr bei ihr blicken. Doch sein verletzter Stolz gibt ihm keine Ruhe. Maria und ihr *Gringo* werden ihm bei passender Gelegenheit dafür noch teuer bezahlen.

Verwandlung

Wochen vergehen, und noch immer ist kein Nachfolger für Alfonsos Stelle in der Firma gefunden worden. Seit Anne alleine ist, hat sie nun viel Zeit und beginnt immer öfter über sich und ihr bisheriges Leben nachzudenken. Je mehr sie das tut, desto fragwürdiger oder gar absurder erscheint es ihr plötzlich selbst. Eine rätselhafte Unruhe überkommt sie. Sie spürt, dass sie bislang unbewusst einfach immer nur das nachgemacht hat, was sie von ihrer Mutter gelernt und von ihrer unmittelbaren Umgebung abgeschaut hat. Daran, ob das richtig und gut ist, oder an mögliche Alternativen, hat sie nie einen Gedanken verschwendet. Bei den wenigen Kontakten nach außen hat sie auch von dort niemals einen Anstoß dazu bekommen. Paul hat sie von Anfang an so genommen wie sie war, und ist bisher nie auf die Idee gekommen, sie in irgendeiner Weise verändern zu wollen. Dazu war er selbst viel zu konservativ, einfallslos oder einfach zu bequem.

Höchst unzufrieden mit sich und ihrem Leben beschließt sie, nicht nur zu grübeln, sondern auch zu handeln. Ganz anders als Paul lässt sie sich nicht klagend treiben, fügt sich nicht hilflos in ihr vermeintlich vorgegebenes Schicksal. Sie schmiedet auch keine Pläne, die nie ausgeführt werden, sondern beginnt mit Vehemenz die Dinge zu ändern. So hält sie ihren festen Tagesablauf nicht mehr ein und kümmert sich zunehmend weniger um ihre Wohnung. Stattdessen unternimmt sie auf einmal lange Spaziergänge durch die Stadt. Selbst am Abend sitzt sie nun manchmal in einem Café und nicht mehr wie gewohnt vor dem Fernsehgerät. Immer öfter kommt sie dort sogar mit anderen Leuten ins Gespräch. Dabei stellt sie fest, wie sehr sie die Gesellschaft anderer Menschen eigentlich vermisst hat. Ihr Selbstbewusstsein wächst rapide. Zu ihrer eigenen Überraschung entdeckt sie, wie gut und geschickt sie mit anderen Menschen umgehen kann. Sie ändert ihre Kleidung und lässt ihr Haar wachsen. Eintönige Garderobe und gestrenge Frisur einer Gouvernante verschwinden.

In erstaunlich kurzer Zeit hat sie nicht nur ihr Äußeres, ihr Verhalten und ihren Auftritt verändert. Genauso rasch beginnt sich ihr Denken zu wandeln. Sie stellt jetzt alles in Frage, was sie bisher gedankenlos übernommen hat, beginnt sich von anerzogenen Zwängen, übernommenen oder auf-gezwungenen Verhaltensmustern und Konventionen zu befreien. Stürmisch wachsen neue, bislang unbekannte Bedürfnisse in ihr, als sei sie gerade erst aus einem schweren Winterschlaf erwacht. Ihr wird bewusst, wie wenig sie bisher aus ihrem Leben gemacht hat. Der Wunsch, nun alles nachzuholen, was sie verpasst hat, wird übermächtig. Dabei entdeckt sie plötzlich, dass sie in ihrem tiefsten Inneren keineswegs risikoscheu und ängstlich ist. Sehr bald hat sie sogar den Reiz des Unbekannten und des Wagnisses erkannt. Auf den ersten Blick scheint aus ihr in wenigen Monaten ein ganz anderer Mensch geworden zu sein. Doch vielleicht hat sie sich gar nicht so sehr verändert, sondern einfach nur zu sich selbst gefunden.

Als ihr Paul mitteilt, dass er seinen Aufenthalt in Kolumbien erneut um mehrere Monate verlängern muss, klagt sie nicht mehr, zählt keine Tage mehr, sondern beschließt, ihn dort zu besuchen. Paul ist völlig fassungslos, als sie ihm überraschend die Ankunftszeit ihres Fluges mitteilt. Zunächst hat er das für einen Scherz gehalten, doch dann begreift er, dass Anne tatsächlich in das ‚schreckliche Kolumbien' kommt. Zugleich wird ihm klar, dass mit ihr irgendeine geheimnisvolle, radikale Wandlung geschehen sein muss. Als er Maria davon erzählt, ist sie erschüttert. „Du hast mir doch gesagt, dass deine Frau ganz bestimmt nicht nach Kolumbien kommt!" Völlig aufgelöst, wie er sie bislang nie erlebt hat, laufen ihr Tränen über das Gesicht. „Ich war fest davon überzeugt, doch irgendwie muss sie sich gewaltig verändert haben."

Als Anne schließlich bei ihm eintrifft, erkennt er sie kaum wieder. Nicht nur das lange Haar und ihre sportlichen Sachen, die sie für den Flug angezogen hat, sind für ihn ungewohnt. Ihr ganzer Auftritt, ihr Verhalten, alles an ihr erscheint ihm völlig anders, als er es in Erinnerung hatte. Es kommt ihm so vor, als ob ihn eine fremde Frau besucht. Dabei sind es nur wenige Monate gewesen, die sie getrennt waren. Elegant gekleidet begleitet sie ihn später in sein Büro. Mit erstaunlichen Spanischkenntnissen begegnet sie seinen Kollegen und Kunden offen und charmant. Aus einer unscheinbaren Raupe ist ein prachtvoller Schmetterling geworden.

„Wann fahren wir denn endlich auf deine Farm, damit ich sie auch kennenlerne." Als sie schon nach wenigen Tagen beim Frühstück diese Frage stellt, bleibt Paul fast der Bissen im Hals stecken. Ihre Verwandlung kommt ihm langsam gespenstisch vor. „Du willst wirklich dorthin fahren? Das ist eine lange anstrengende Fahrt in die Wildnis. Eine ziemliche Strapaze. Du solltest es dir genau überlegen, ob du dir das antun möchtest." „Schließlich muss ich doch sehen, wo du unser Geld investiert hast und deine Freizeit verbringst. Außerdem muss ich unbedingt diese geheimnisvolle Maria kennen-lernen." Nur mühsam verbirgt Paul seine Unruhe. „Ist sie deine Geliebte? Hast du mit ihr geschlafen?" Paul sieht sie entgeistert an. Er weiß nicht, ob sie die Fragen ernst gemeint hat. Noch weniger weiß er, was er darauf antworten soll. Ist sie seine Geliebte? Er selbst hat sich diese Frage bislang noch nie gestellt. Glücklicherweise erwartet Anne offenbar keine

Antwort, denn sie wechselt abrupt das Thema. Doch eisern besteht sie darauf, sobald wie möglich zur *Finca* zu fahren.

So sitzt Paul am nächsten Wochenende erstmals seit Langem nicht alleine im Auto, als er, wie mittlerweile gewohnt, Kurve um Kurve durch die Anden fährt. Zu seinem grenzenlosen Erstaunen zeigt Anne keinerlei Angst vor schwindelnden Abgründen, dichten Nebelbänken, gewaltigen Erdrutschen und wahnsinnigen LKW-Fahrern, die mit atemberaubender Geschwindigkeit über die schmale, oft nur notdürftig befestigte Straße rasen. Stattdessen bestaunt sie hell begeistert das Gebirge, durch das sie fahren. „Das ist ja herrlich hier. Diese liebliche tropische Berglandschaft. Sieh doch mal die Indios dort vor ihrer Hütte! Welche gewaltigen Lasten die schleppen." Er muss immer wieder anhalten, damit sie aussteigen und die fremdartige Gegend genießen kann. Als sich schließlich vor ihnen in der Ferne die Tiefebene der *Llanos* ausbreitet, ist sie kaum noch zu halten. Von einer kleinen Kneipe am Straßenrand haben sie einen fantastischen Ausblick. Mit glänzenden Augen und wild wehenden Haaren betrachtet sie die endlose Weite. „Einfach faszinierend, wie aus den reißenden Gebirgsbächen der Anden dort unten träge dahinfließende, breite Ströme werden." Erstaunt muss er feststellen, dass sie auf vieles achtet, das ihm bislang nicht aufgefallen ist, oder dem er keine Bedeutung beigemessen hat.

Schließlich erreichen sie Marias *Tienda*. Seine Nervosität bleibt Anne nun nicht mehr verborgen. Neugierig steigt sie aus. Maria hat schon auf sie gewartet. Mit einem höflichen Lächeln geht sie auf Paul und Anne zu. Sie zwingt sich zu bewundernswerter Fröhlichkeit. „Sie müssen Anne sein. Herzlich willkommen bei uns in der schrecklichen, unzivilisierten Wildnis!" Freundlich grüßt Anne zurück. Paul fragt sich, ob sie die beißende Ironie Marias nicht bemerkt, oder bewusst überhört hat. „Sie sind also Maria, von der mir Paul oft erzählt hat." „Hat er das? Ja, ich bin Maria. Übrigens können Sie gerne du zu mir sagen. Das tun alle hier." „Hallo Paul. Wie schön, dich wieder einmal hier zu sehen." Sie küsst ihn flüchtig rechts und links auf die Wangen und richtet dann den Blick wieder lächelnd auf Anne. „Nun ist er endlich nicht mehr alleine". Paul staunt, wie sie sich im Griff hat. Anne sieht Maria herausfordernd an. „Wenn er hier bei ihnen, ich meine bei dir, war, war er ja nicht alleine." „Ja, aber das ist natürlich etwas ganz anderes." „So? Ist es das?" Annes Stimme klingt nun eher scharf. Paul wird immer unruhigerer. Maria bleibt hingegen scheinbar gelassen. Statt zu antworten, wechselt sie das Thema. Im Laufe des weiteren Gesprächs ähneln die beiden Frauen zwei Raubtieren, die sich vorsichtig und angespannt umkreisen, bereit sich jeden Moment gegenseitig an die Kehle zu springen.

Endlich beendet Maria das Spiel. „Sie..., ihr solltet bald weiterfahren, damit ihr nicht in die Dunkelheit kommt." Versonnen und kaum hörbar fügt sie hinzu: „Paul, du weißt, wie schwer es ist, den Weg nach *La Añoranza* zu finden und sich dabei nicht zu verirren." Ihm ist die Doppeldeutigkeit ihrer Bemerkung nicht entgangen und er hofft, dass Anne das Wort ‚*Añoranza*' noch nicht gelernt hat. Um weiteren un-angenehmen Situationen oder Schwierigkeiten auszu-weichen, greift er dankbar die Warnung vor der heran-nahenden Nacht auf. „Maria hat recht, lass uns rasch weiterfahren." Anne macht ein äußerst enttäuschtes Gesicht. „Schade, es ist nett hier. Man fühlt sich so geborgen. Außerdem kann Maria bei ihrem Job sicherlich von vielen spannenden Erlebnissen erzählen ..." Paul überlegt, ob sie tatsächlich so naiv ist, wie sie tut, oder Krieg führt. Doch als sie noch anfügt: „... vor allem von vielen pikanten Erfahrungen mit ihren männlichen Gästen hier", wird ihr Sarkasmus unübersehbar. Maria kocht vor Wut. Mich zu einer Nutte zu machen! Warte nur ab, du arrogantes Luder, es wird der Moment kommen, wo ich die Siegerin sein werde und du die Verliererin. Doch sie bewahrt weiter die Fassung und behält ihre Gedanken für sich. Stattdessen lässt sie es nur bei einem trockenen „Vielleicht ein anderes Mal". Fast drängt sie die beiden zum Auto. Sie haucht Paul höfliche Abschiedsküsse zu und drückt dabei seine Hand kurz so stark, dass er meint, jeden Moment müsse das Blut herausspritzen. Mit einem versteinerten Lächeln eilt sie zurück in ihre Hütte.

Erfahrungen

Durch die Kürze des Aufenthalts bei Maria erreichen sie die *Finca* tatsächlich noch mit dem letzten Tageslicht. Mit respektvoll gesenktem Blick, den Hut wie immer höflich in der Hand, erwartet Enrique bereits seinen neuen Chef und dessen Frau. „*Buenas noches Señor! Mucho gusto Señora! Bienvenida a La Añoranza.*" „Guten Abend, *Señor*! Angenehm, Señora! Willkommen auf *La Añoranza*." „Carmen, ich meine, meine Frau, hat etwas zu Essen gekocht, aber vielleicht wollen Sie sich erst einmal frisch machen."

Fasziniert betrachtet Anne die fremde Umgebung. Ein lautes Krächzen aus den Bäumen vor ihr lässt sie überrascht nach oben sehen. Wie aus einem Bilderbuch sitzt dort ein großer, farbenprächtiger *Guacamayo*[25] . Für sie, die immer in einer Stadt gelebt hat, ist hier natürlich alles neu und aufregend. Dazu kommt die Exotik der Tropen. Das ist also die Finca, die Paul erworben hat. Wohnhaus, Wirtschaftsgebäude, Schuppen, nicht weit entfernt ein *Corral*. Ringsherum Pflanzungen, der Busch und endlose abgeschiedene Wildnis. Während sie sich neugierig umsieht, wird es schnell dunkel. Nun wirkt vieles unheimlich auf sie. Da das Haus überall offen ist, tummelt sich dort allerlei Getier. Kleine Geckos und zahllose Spinnen warten darauf, eine Mücke oder einen anderen Leckerbissen zu erwischen. Küchenschaben eilen geschäftig über den Holzboden. Schatten huschen durch das Dachgebälk, wohl Fledermäuse. Dazu kommt das immer lauter werdende Konzert der Tiere rings um das Haus. Vögel, Frösche, Grillen und viele andere scheinen sich einen Wettbewerb um das einprägsamste Geräusch zu liefern. Vom Wirtschaftsgebäude her ertönt plötzlich ein lautes Getrappel.

---

[25] Ara, großer farbenprächtiger Papagei

Erschrocken aber gespannt, starrt sie hinüber und versucht herauszufinden, was sich dahinter verbirgt. Auch wenn das Licht nicht mehr ausreicht, um Einzelheiten zu erkennen, entdeckt sie eine kleine Affenhorde, die laut polternd über das Wellblechdach tobt. Aufgeregt sieht sie ihnen nach, bis sie wieder im Busch verschwinden. Auf der Weide neben dem Corral suchen die Zebus schnaufend ihre Schlafplätze. An all das wird sie sich nicht nur schnell gewöhnen, sondern es sogar ungeahnt lieben lernen.

Ungläubig muss Paul feststellen, dass ausgerechnet sie, die fast den ganzen Tag damit verbracht hat, ihre Wohnung zu putzen, sich offenbar auch an der kargen Unterkunft mit ihrer rudimentären Einrichtung in keiner Weise stört. Er fragt sich, ob das zu einem Spiel gehört, wie sie es bei Maria gespielt hat. Doch je länger er sie beobachtet, desto mehr gelangt er zu der festen Überzeugung, dass ihre Begeisterung für die *Finca* und ihre Umgebung zweifellos echt ist. Hätte ihm jemand vor vier Monaten, als er sie in Deutschland zurückgelassen hatte, vorausgesagt, dass nun sie ständig drängt, wieder zur *Finca* zu fahren, hätte er ihn für total verrückt erklärt.

Wo immer sie kann, informiert sich Anne über alles, was für den Umgang mit der neuen Umgebung von Nutzen sein könnte. Ihr Wissensdurst über Tier- und Pflanzenzucht ist unstillbar. Dazu hat sie eine neue Leidenschaft entdeckt: das Reiten. Schon am Morgen muss Enrique ihr Pferd satteln. Anfangs ist Enrique noch mitgeritten, doch mit der Zeit wagt sie sich auch allein immer tiefer in die Wildnis. Deren Einsamkeit und Ursprünglichkeit ziehen sie magisch an. Erstaunlicherweise hat sie keine Angst und bleibt oft stundenlang weg.

Mehr und mehr kümmert sie sich um die Organisation und Verwaltung der *Finca*. Sie kauft die notwendigen Dinge ein und bespricht mit Enrique ausführlich alle anstehenden Probleme. Falls nötig, scheut sie sich auch nicht, jederzeit bei den anstrengendsten oder schmutzigsten Arbeiten mitzuhelfen. Paul lässt sie gewähren. Froh, dass er sich nicht mehr selber um diese Dinge kümmern muss und mit seiner Firma beschäftigt, merkt er gar nicht, wie stark Anne in allen Angelegenheiten eingebunden ist. Allerdings staunt er immer wieder, dass die *Finca* bestens floriert.

Da geschieht an einem der Wochenenden etwas höchst Erstaunliches. Mit einem kühlen Drink neben sich, sitzt er genüsslich in einem Sessel auf der Veranda und erfreut sich an dem Anblick des tropischen Pflanzengewirrs um das Haus. Ohne zu verstehen, worum es geht, hört er, wie Anne drüben am Wirtschaftsgebäude mit Enrique die Lösung irgendwelcher, offenbar schwerwiegender Probleme erörtert. Kurz darauf kommt sie mit sorgenvollem Gesicht auf die Veranda und setzt sich zu ihm. „Wir müssen eine Reihe wichtiger Sachen besorgen und dringend einige Tiere impfen lassen. Ich habe den Eindruck, dass Enrique alleine damit überfordert ist und meine Hilfe braucht. Was meinst du dazu, wenn ich diesmal auf der *Finca* bleibe und du mich beim nächsten Besuch wieder abholst?" Völlig entgeistert fragt sich Paul, ob er richtig gehört hat. Ausgerechnet Anne, die noch vor wenigen Monaten selbst einen kurzen Geschäftsbesuch in Bogotá für unzumutbar hielt, will nun sogar alleine in der Wildnis bleiben. „Das kommt überhaupt nicht infrage. Es wäre viel zu gefährlich, dich hier alleine zu lassen. Es gibt nicht nur Schlangen und anderes giftiges Getier. Was meinst du, was passiert, wenn in der Gegend bekannt würde, dass eine attraktive, blonde Frau alleine auf der *Finca* zurückgeblieben ist." „Ich bin nicht alleine. Enrique und seine Frau sind doch bei mir." „Und wie willst du ohne Auto auch nur in das nächste

Dorf kommen?" „Ganz einfach, mit Enrique auf seinem Motorrad. Er hat doch auch kein Auto. Ganz sicher fährt er mich jederzeit ins Dorf, wenn es nötig ist." Mit allen Mitteln versucht Paul, sie von diesem Gedanken abzubringen. „Ist dir klar, dass ich möglicherweise erst in drei oder gar vier Wochen wieder hier sein kann?" Doch, was immer er anführt, es gelingt ihm nicht, ihre Meinung zu ändern. Sie hat für sich schon längst fest entschieden, dass sie bleibt. Irgendwann resigniert er und fährt mit sehr gemischten Gefühlen alleine nach Bogotá zurück.

Auf der Fahrt sieht er Anne wieder vor sich, als er ihr zum ersten Male von seinem Auftrag, nach Kolumbien zu fliegen, erzählt hat, und hört noch deutlich ihren Aufschrei: ‚Kolumbien ist doch ein furchtbares Land...' Ihre zornige Reaktion auf seine Entscheidung, die Geschäftsführung in Bogotá zu übernehmen, haben sich fest in sein Gedächtnis eingegraben. ‚Ohne mich! Sieh zu, wie du damit alleine klarkommst. Am besten du ziehst gleich auf deine Farm. Vielleicht findest du dort auch eine neue Frau.' Eine neue Frau? Seine Gedanken wandern zu Maria. Auch wenn er auf dem Weg zur Finca zwangsläufig an ihrer Hütte vorbeikam, hatte er es seit der unseligen Begegnung der beiden Frauen schweren Herzens vermieden, sie zu besuchen. Konfliktscheu und in Sorge, unberechenbaren Situationen hilflos ausgeliefert zu sein, wollte er eine Wiederholung der Szene vom letzten Mal keinesfalls riskieren. Er ist schon an Marias *Tienda* vorbeigefahren, als ihm bewusst wird, dass er diesmal alleine ist! Mit übermächtigem Verlangen, sie endlich wiederzusehen, dreht er kurz entschlossen um.

Maria hat seit Wochen sehnsüchtig auf ihn gewartet. Langsam hatte sie die Hoffnung fast aufgegeben, ihn wiederzusehen. Zum Glück nahmen sie die Aufgaben ihres mühsamen Alltags wieder voll in Anspruch und lenkten sie ab. Mit ihren Gedanken ganz bei Paul hat sie die Männer noch strenger als sonst auf Distanz gehalten. Jeder möglichen emotionalen Begegnung ist sie von vornherein ausgewichen. Als sie ihn sieht, meint sie zu träumen. „Du hier...?" Sie ist völlig aufgelöst. Vor Aufregung bekommt sie kaum ein Wort heraus. „... und alleine!" Doch dann fällt ein Schatten auf ihr Gesicht. „Warum kommst du aber erst auf der Rückfahrt zu mir, wenn Anne in Bogotá geblieben ist? Hast du jetzt Angst, mit mir zu lange zusammen zu sein?" „Keineswegs. Anne ist auch diesmal mitgekommen, doch sie hat entschieden, bis zu meinem nächsten Besuch auf der *Finca* zu bleiben." Maria verschlägt es die Sprache. In heiserem, nur noch flüsterndem Ton fragt sie noch einmal, ob sie wirklich richtig verstanden hat: „Sie ist alleine auf der *Finca* geblieben? Ist das dein Ernst?" „Ja, sie bestand darauf und mir blieb nichts anderes übrig, als das zu akzeptieren". „Ein Großstadtmädchen allein auf einer *Finca*, jenseits der Zivilisation, wo doch für sie nur Wilde leben." „Sicher kein Mädchen mehr. Sie muss selber wissen, was sie tut. Doch lassen wir das." Verschmitzt schaut er ihr in die Augen. „Werde ich deshalb von dir zur Begrüßung nicht mehr in den Arm genommen?" Lachend fällt sie ihm um den Hals. „Deine Kolumbianerin vergisst das bestimmt nicht! Sie wartet schon darauf, seit du sie verlassen hast." Fast unhörbar fügt sie noch hinzu: „Wäre sie deine Frau, würde sie dich auch bestimmt nicht alleine lassen."

Trotz aller Befürchtungen und Sorgen von Paul, kommt Anne auf der *Finca* bestens klar. Wie Paul vorausgesagt hatte, hat sich die Neuigkeit wie ein Lauffeuer in der Gegend herumgesprochen. Noch bevor die erste Woche vorbei ist, taucht Mario, der Besitzer der Nachbarfinca, bei ihr auf. Auch wenn er ihr überschwänglich seine Hilfe anbietet, wird mehr als deutlich, dass ihn vor allem die Neugier hierhergetrieben hat. Als er vom Pferd steigt und sie sieht, muss er begeistert feststellen, dass sie noch weitaus attraktiver ist, als sie in den vielen umlaufenden Gerüchten beschrieben wird. Auch er kann nur schwer fassen, was eine Frau, wie sie dazu bewegen mag, alleine hier in der Wildnis zu bleiben. Nachdem, was man sich über sie erzählte, hatte er sich in seiner Fantasie ausgemalt, eine elegante, aber altmodisch gekleidete, gestrenge Dame anzutreffen, die ihm höflich distanziert einen Tee anbieten wird. Doch nun steht eine Frau in Jeans und T-Shirt vor ihm, wischt sich eine wirre Haarsträhne aus dem Gesicht und füllt freundlich lächelnd zwei Gläser. „Du willst doch sicher einen *Aguardiente*?" Ohne seine Antwort abzuwarten, schiebt sie ihm ein volles Glas zu und erhebt ihr eigenes. „Willkommen auf „*La Añoranza*, Herr Nachbar!"

Spürbar von ihm angezogen, unterhält sie sich mit ihm, als würden sie sich schon lange kennen. Von Anfang an duzt sie ihn. Ihre muntere, unkomplizierte Art wirkt auch auf Mario ansteckend. So dauert der Besuch erheblich länger und bekommt einen ganz anderen Charakter, als er gedacht hat. Es ist schon spät in der Nacht, als er schließlich aufbricht. „Ich wollte eigentlich nur kurz vorbeikommen, um einen Tee zu trinken." „Pech für dich, aber wie du siehst, mag ich lieber einen *Llanero*[26] ." Lachend steigt Mario auf sein Pferd und verschwindet in der Dunkelheit.

Schon zwei Tage später taucht er erneut bei ihr auf. „Ich muss ins Dorf und wollte dich fragen, ob du mitkommen willst." Sie hatte schon selbst daran gedacht, ins Dorf zu fahren. Mit Marios Jeep ist das natürlich viel bequemer als mit dem

---

[26] Aguardiente-Marke, aber auch männlicher Bewohner der *Llanos*

Motorrad, und so sagt sie freudig zu. Auf der Rückfahrt geschieht dann aber, was irgendwann geschehen musste: Mario beschließt, bei Maria anzuhalten. Natürlich kann Anne nichts dagegen unternehmen. Eine Begegnung mit ihrer Rivalin ist hier, wo die wenigen Menschen aufeinander angewiesen sind, früher oder später ohnehin unvermeidbar. Ihr bleibt also nur, ihm mit liebreizendem Lächeln zu folgen. Sichtbar überrascht, begrüßt Maria die beiden neuen Gäste. Unter ihren nachforschenden Blicken fühlt sich Anne höchst unwohl. „Mario hat mich in nachbarschaftlicher Hilfe netterweise mit ins Dorf genommen." Ihre Erklärung wirkt fast wie eine Entschuldigung. Als ihr das bewusst wird, lässt sie der Ärger über sich selbst auch noch ein wenig erröten. Belustigt beobachtet Maria sie. „Es ist schon gut, wenn man hier hilfreiche Nachbarn hat, vor allem, wenn man alleine ist". Als sie Annes wütendes Gesicht sieht, kann sie es sich nicht verkneifen, noch zu ergänzen: „Und du hast auch noch einen besonders attraktiven ...". Munter mischt sich Mario in das Gespräch ein. „Ich dachte, ich muss euch erst einmal miteinander bekannt machen. Aber wie ich sehe, habt ihr euch offenbar schon längst kennen und schätzen gelernt." Ohne ihn weiter zu beachten, widmet sich Maria wieder irgendwelchen Arbeiten in der Hütte. Ihr entgeht jedoch keineswegs die vertraute Art, in der die beiden miteinander umgehen. Ausgelassen, wie zwei Nächte zuvor, trinken sie wieder mehrere *Aguardiente* zusammen. Bald beginnt der Alkohol zu wirken. Anne wird sichtbar entspannter. Was immer Maria denken mag, kann ihr egal sein. Sie kann schließlich tun und lassen, was sie will. Ausgerechnet Maria! Sie soll es nur wagen, sie zu verurteilen oder irgendwelche Gerüchte über sie in die Welt zu setzen. Sie würde es bitter bereuen.

Maria füllt die Gläser nach. Dabei schaut sie Mario verächtlich an. „Nachbarschaftshilfe! Dann wirst du nun mit Paul wohl endlich auch darüber einig geworden sein, ob ihr den Weidezaun zwischen euren Grundstücken verlängert?" Sie hat sich schon öfter darüber aufgeregt, dass Mario bislang keinerlei Interesse für die Bedürfnisse seines Nachbarn gezeigt hatte. „Was soll die Frage? Du weißt doch genau, dass ich Paul noch gar nicht kennengelernt habe". Verärgert stürzt er ein volles Glas herunter. Höhnisch lachend stichelt sie weiter. „Aber jetzt hast du sie plötzlich entdeckt: deine nachbarschaftlichen Gefühle ..." Anne, die bislang schweigend zugehört hatte, kann ihr Temperament nicht länger zügeln. „Warum auch nicht?" Unvermittelt legt sie ihre Arme um Marios Hals, und küsst ihn schamlos. Provozierend ruft sie der verblüfften Maria zu: „Du hättest doch auch gern einen netten Nachbarn im Arm!" Und zynisch ergänzt sie noch: „Am liebsten allerdings einen verheirateten. Oder sollte ich mich täuschen?" Ohne ihr zu antworten, verschwindet Maria in die Küche. Erst als Anne und Mario in seinen Jeep steigen, und sich von ihr verabschieden, bemerkt sie spöttisch: „Sicher braucht Mario dringend nachbarschaftliche Hilfe, vor allem weibliche. Allerdings habe ich meine Zweifel, ob ausgerechnet du ihm da wirklich helfen kannst." Anne schmunzelt. „Auch wenn ich natürlich nicht deine Erfahrungen habe, lass das meine Sorge sein."

In den kommenden Wochen und Monaten werden Pauls Besuche in den *Llanos* auffallend seltener. Die Arbeit in Bogotá nimmt ihn stark in Anspruch und die endlose Fahrerei fällt ihm von Mal zu Mal schwerer. So ertappt er sich dabei immer öfter irgendwelche Ausreden zu suchen, um nicht zur Finca fahren zu müssen. Der Reiz des Neuen und Exotischen ist im Laufe der Zeit verloren gegangen. Selbst von seinem einstigen Pioniergeist und der Abenteuerlust ist nur noch wenig geblieben. Nur die kurzen Besuche bei Maria und sein Pflichtgefühl gegenüber Anne motivieren ihn eigentlich noch dazu, die Strapazen der Fahrt ab und zu auf sich zu nehmen. So muss Anne zwangsläufig für immer längere Zeiträume alleine auf der *Finca* bleiben. Unzählige Male hat er deshalb versucht, sie zu überreden, die Verwaltung wieder Enrique zu überlassen, selbst wenn die Rentabilität damit wirklich geringer werden sollte. Vergeblich. Natürlich hatte er auch darauf gedrängt, die *Finca* zu verkaufen. Doch dagegen hat Anne erst recht vehement protestiert.

Sie sieht die Dinge völlig anders als Paul. Zu keinem Moment vermisst sie die Stadt. Was sollte sie auch in Bogotá? So hat sie keinerlei Problem damit, immer länger auf der *Finca* bleiben zu müssen. Im Gegenteil. Je ausgiebiger sie dort sein kann, und sich an die Natur und die Menschen gewöhnt, desto faszinierender empfindet sie diese ihr bisher unbekannte, exotische Welt. Zu ihrer eigenen Überraschung entwickelt sie im Laufe der Monate eine leidenschaftliche Beziehung zu einer Umgebung, wie sie sich nicht krasser von der unterscheiden kann, in der sie bisher ihr Leben verbracht hat. Es kann ihr gar nicht wild, einsam und abenteuerlich genug sein. Aus der einst risikoscheuen Zauderin ist eine Hasardeurin geworden, die Gefahren fast zu suchen scheint.

Wie einst ihren Haushalt hat sie auf der *Finca* alles perfekt organisiert und unter eiserner Kontrolle. Mittlerweile besitzt sie ihren eigenen Geländewagen und ist damit von allen anderen unabhängig. Doch wenn immer möglich, zieht sie das Pferd vor. Mit *Relampago*[27] hat sie ein zuverlässiges, treues

---

[27] Spanisch „Blitz"

Tier gefunden, an dem sie innig hängt. Auch wenn sie Enrique sehr schätzt, hat sie noch einen Vorarbeiter eingestellt, der die Tagelöhner in den Pflanzungen und die Viehtreiber beaufsichtigt. Ganz anders als der ernste und servile Enrique ist Pablo ein junger kräftiger Bursche mit stets guter Laune. Sein munteres Wesen lässt Anne auch nach der Arbeit noch seine Nähe suchen. Oft unterhalten und scherzen sie bis in die Nacht oder lauschen auf der Veranda gemeinsam dem nächtlichen Konzert aus dem Busch. Trotz dieses ungewöhnlichen Verhaltens bewahren beide soweit Distanz, dass niemand auf der *Finca* auf die Idee kommt, sie hätten ein Verhältnis miteinander.

Nicht nur wie gut sie die eigene *Finca* im Griff hat, ist bewundernswert. Noch beeindruckender ist, wie sie es als *Gringa* aus der Großstadt damit geschafft hat, sich auch in der ganzen Gegend hohen Respekt und beachtliche Autorität zu verschaffen. Die raue Männerwelt der *Llanos* und der Urwälder gesteht einer Frau meist nur eine dienende Rolle zu. In der Werteskala der Viehtreiber stehen Frauen nicht selten weit hinter Pferd oder Zebu. Will sich eine Frau dagegen wehren und in dieser Gesellschaft der Abenteurer, Glücksritter, Außenseiter und Gesetzlosen durchsetzen, benötigt sie eine ganz besondere Persönlichkeit. Ausgerechnet Anne, die ihre Persönlichkeit selbst erst vor Kurzem entdeckt und geweckt hat, besitzt sie offenbar.

Bewährung

Es ist verdammt spät geworden. Besorgt sieht Paul auf seine Uhr. Eigentlich wollte er sich spätestens am Mittag wieder auf den Weg zurück nach Bogota machen, um zu vermeiden, allzu lange in die Dunkelheit zu kommen. Doch ein Zebu hat sich auf der anderen Seite des Flusses ziemlich schwer verletzt und muss behandelt werden. Stundenlang haben Enrique, Anne und er versucht, das Tier dafür zurück in den Corral zu bringen. Mühsam haben sie es geschafft, es durch den Fluss zu treiben. Am anderen Ufer ist es jedoch stehen geblieben und hat sich nicht mehr vom Fleck gerührt. Ihnen hat Pablos Kraft gefehlt, doch der ist für ein paar Tage zu seinen Eltern gefahren. Gerade als sie weitere Versuche, das Tier noch zu retten aufgeben wollten, hat es sich endlich doch noch weiter bis zum Ziel geschleppt.

Eiligst bricht Paul jetzt auf. „Ich werde nun sicherlich erst spät in der Nacht in Bogotá sein. Doch es wird schon nichts passieren. Wenn nichts dazwischenkommt, werde ich also in zwei Wochen wieder hier sein." In dem noch immer fast geschäftlich wirkenden Ton folgt ein „Pass auf dich auf!" Ein flüchtiger Kuss. „Du auch." Anne, mit ihren Gedanken bei dem verletzten Zebu, sieht ihn dabei nicht einmal an. Er startet den Motor und lässt die *Finca* rasch hinter sich. Nur die von seinem Fahrzeug aufgewirbelte Staubfahne bleibt noch eine Weile weit sichtbar über der Piste hängen, bevor auch sie sich auflöst. Ohne, dass sie es bemerkt haben, ist ein solcher leidenschaftsloser Abschied mittlerweile zur Routine geworden und verrät, wie sehr sie dabei sind, sich auseinanderzuleben. Paul findet die „neue" Anne zwar faszinierend, doch sie ist ihm zu fremd geworden. Ihr selbstsicherer, forscher Auftritt und ihre Eigenständigkeit erschrecken ihn. Als Beschützer wird er offensichtlich nicht mehr gebraucht. Tatsächlich empfindet sie Ihre Bindung an ihn nicht mehr als etwas, das ihr Geborgenheit gibt, sondern als Einengung und Belastung. Mehr und mehr verspürt sie das Bedürfnis, frei zu sein.

Still und friedlich liegt die Finca im Sonnenlicht des Spätnachmittags. Anne hat sich gerade ihre vollkommen verschwitzten und verschmutzten Sachen abgestreift und will unter die Dusche gehen, als sie von draußen Motorgeräusche hört. Überrascht greift sie nach einem Handtuch und eilt auf die Veranda. Sollte Paul noch etwas vergessen haben? Oder hat er beschlossen, doch lieber noch eine Nacht hierzubleiben? Gespannt hält sie Ausschau nach ihm. Doch dann erkennt sie, dass nicht er, sondern drei oder vier ihr fremde Fahrzeuge auf das Gebäude zufahren. Wenige Meter von ihr entfernt halten sie an. Mehrere bewaffnete Männer springen heraus und schwärmen mit ihren Gewehren im Anschlag auf dem Gelände der *Finca* aus. Wilde Gesellen mit finsteren Gesichtern in abgerissener Kleidung, oft Reste von Uniformen. Erschrocken merkt sie, dass sie sie längst entdeckt haben. Um zu flüchten und sich zu verstecken, ist es zu spät. Ihr bleibt jetzt nicht einmal mehr Zeit, sich etwas anzuziehen.

Mit drohenden Gebärden kommen einige der Männer auf sie zu. Vorsichtig versichern sie sich, dass niemand sonst in der Nähe ist. Noch immer überrascht bleibt Anne wie angewurzelt stehen und wartet ab, was geschieht. Einer von ihnen, offenbar ihr Anführer, fährt sie harsch an. „Wo ist der Besitzer der *Finca*?" „Er ist nicht hier". „Das sehe ich! Du willst mir doch nicht sagen, dass du hier allein bist?" „Nein. Der Verwalter und seine Frau sind auch hier." „Wo sind sie?" Während er spricht, behält er immer wieder auch die Umgebung im Blick. „Drüben im Wirtschaftsgebäude." Sein Gesicht wirkt hart, seine Stimme klingt scharf. „Und dein Mann, wo ist der?" „In Bogotá." „Was heißt, in Bogotá? Er lässt dich doch wohl kaum alleine und schutzlos auf der *Finca* zurück, meine Süße?" „Doch. Warum nicht?" Verärgert darüber, dass sie wie ein kleines Mädchen behandelt wird, setzt sie mit fester Stimme noch hinzu: „Du kannst dir wohl nicht vorstellen, dass eine Frau auch alleine auf einer *Finca* klarkommen kann?" Überrascht von ihrem unerwarteten Selbstbewusstsein betrachtet er sich jetzt die nur mit einem Handtuch bekleidete Frau vor ihm näher. Ganz offensichtlich hat sie seine Neugier erweckt. „Wann wird er zurück sein?" „Keine Ahnung. Vielleicht in ein zwei Wochen." Er schweigt und läuft nachdenklich durch den Raum. Offenbar überlegt er, ob er ihr glauben soll.

In der Zwischenzeit haben seine Gefährten Enrique und seine Frau aufgestöbert und treiben sie ebenfalls in das Wohnhaus. Enrique ist hochgradig nervös. Schweißtropfen laufen ihm über das kreideweiße Gesicht. Wieder und wieder sieht er Alfonsos Leiche im *Corral* vor sich. Carmen verfolgt zitternd und mit angstgeweiteten Augen jede Bewegung der bewaffneten Männer. Der bemitleidenswerte Anblick der beiden löst in Anne fast mütterliche Gefühl aus, sie schützen zu müssen. Ihre eigene Furcht wird dadurch offenbar zurückgedrängt. Erstaunt über sich selbst, herrscht sie den Anführer der ungebetenen Gäste nun an: „Was wollt ihr eigentlich von uns? Wer seid ihr überhaupt?" Eisige Stille. Enrique und Carmen starren sie ungläubig an. Alle Blicke ruhen nun auf dem Boss. Beeindruckt wendet er sich Anne zu, und sie meint, ein leichtes Schmunzeln in seinem Gesicht zu erkennen. „Erst einmal etwas zu essen! Sie haben doch sicher für meine Männer und mich etwas Vernünftiges im Haus, *estimada Señora*, verehrte *Señora*." Seine Gefährten brechen in zustimmendes Gelächter aus. „Los, ab in die Küche!" Sein Befehl gilt ganz offensichtlich beiden Frauen. Erleichtert über seine Reaktion, verzichtet sie darauf, sich dagegen zu wehren.

Sie darf den Bogen nicht überspannen. Enrique will ihnen folgen, doch die scharfe Stimme hält ihn zurück. *„Hermano*, du bleibst schön hier und rührst dich nicht vom Fleck, sonst bekommst du eine Ladung Blei in den Kopf". Erstarrt wagt Enrique kaum noch zu atmen.

Gefolgt von Carmen geht Anne hinüber zum Wirtschaftsgebäude und versucht, dabei so gelassen wie möglich zu wirken. *„Muy chévere, esa vieja*[28] ", „Die Alte ist toll", hört sie einen der Männer hinter sich flüstern. Anne sieht sich in der Küche um. „Was sollen wir denn denen zu essen geben?" Etwas ratlos blickt sie auf Carmen. Doch die ist noch immer völlig verschreckt und nicht in der Lage, einen klaren Gedanken zu fassen. Anne bleibt somit nichts anders übrig, als selbst eine Lösung zu finden. Sie hat keine Ahnung, wo sie hier für so viele Leute etwas finden kann. Dennoch macht sie sich an die Arbeit. Erstaunlicherweise gelingt es ihr tatsächlich, eine dürftige Mahlzeit herbeizuzaubern. Mittlerweile ist es dunkel geworden. Die Männer haben es sich im Wohnhaus bequem gemacht und warten ungeduldig. Als die beiden Frauen endlich zurückkehren, drängen sie sich aufgeregt um sie. Mit gleichgültiger Miene stellt Anne das Ergebnis ihrer Kochkunst ab und wirft ein paar Blechteller und Bestecks, die ihr Carmen nachgebracht hat, hinterher. „Bedienen könnt ihr euch wohl selber. Wie ich sehe, fühlt ihr euch hier ohnehin schon wie zu Hause." Gierig fallen die Männer über das Essen her. Ganz offensichtlich sind sie ziemlich ausgehungert.

---

[28] Chevere: In Kolumbien häufig gebrauchter Ausdruck für „prima". „Vieja" (Alte) wird umgangssprachlich oft auch für jüngere Frauen gebraucht

Noch immer nur in ihr Handtuch gewickelt, will sie nun endlich in ihr Zimmer gehen, um sich etwas anzuziehen. Doch der Anführer stoppt sie. „Gibt es ein Funkgerät auf der *Finca*? Waffen? Falls ja, sag es mir lieber gleich. Wehe dir, wenn wir welche finden. Du würdest es tief bereuen." „Wir haben nur ein altes Jagdgewehr hier und das Funkgerät ist kaputt." Er traut ihr nicht. „Du bleibst mir lieber hier, *mi reina*, meine Königin." Resigniert zieht sie ihr Handtuch fester und befolgt seine Weisung. Wenigstens würde sie gerne in eine der Hängematten auf der Veranda klettern, doch das Risiko, dass ihr dabei das Handtuch herunterfällt und sie nackt vor den Männern steht, ist ihr zu groß. Ohnehin hat sie schon mehrfach darüber nachgedacht, was sie tun kann, um zu verhindern, dass die Männer sie und Carmen bedrängen oder sogar brutal über sie herfallen. Verbittert ist sie dabei jedoch immer wieder zu der gleichen Erkenntnis gelangt, dass sie jeder Willkür wehrlos ausgeliefert sind. Sie kann nur hoffen, dass die Kerle sich nicht betrinken und damit letzte Hemmungen verlieren. Doch zu ihrer Überraschung haben sie bislang nicht einmal nach einem Bier gefragt. Ihr ist überhaupt aufgefallen, dass sich die Männer trotz ihres wilden und furchterregenden Aussehens ziemlich diszipliniert verhalten. Während sie noch darüber nachdenkt, was der Grund dafür sein mag, löst der Boss der Bande ihr das Rätsel. „Du hast übrigens danach gefragt, wer wir sind. Du bist wohl noch nicht lange im Land, *mi amor*". Er verweist auf eine verwitterte, schwarz-rote Armbinde, auf die sie bislang nicht geachtet hat. Vergeblich versucht sie zu entziffern, was dort einmal darauf stand. „Du wirst doch wohl schon von der Guerilla gehört haben. Heute hast du sie jedenfalls zu Gast, denn wir werden hier übernachten."

Anne weiß nicht, ob das eine gute oder schlechte Nachricht ist. Natürlich kennt sie das hohe Risiko, Opfer von Erpressungen durch die Guerilla zu werden. Sie hat zahlreiche schaurige Berichte über rücksichtslose Entführungen und den brutalen Einzug von Schutzgeldern gehört. Doch anders als irgendwelche Bandoleros[29] unterliegen diese Kämpfer wenigstens strengen Regeln und müssen ohne Alkohol auskommen, um jederzeit einsatzbereit zu bleiben. Aber wie steht es um ihre männlichen Bedürfnisse? Sehr wohl hat sie schon den ganzen Abend die gierigen Blicke einiger spüren müssen. Sie hat keine Ahnung, ob es auch für dieses Thema Verhaltensanweisungen der Guerilla gibt. Selbst wenn es welche gäbe, wie streng werden sie wirklich befolgt?

Die Gruppe der Guerilleros, mit der sie es hier zu tun hat, besteht aus sehr unterschiedlichen Typen. Unter ihnen befinden sich jugendlich flammende Ideologen, aber auch abgestumpfte alte Kämpfer, die man einst vielleicht sogar dazu gezwungen hat, bei den ‚*Muchachos*[30]‘ mitzumachen. Bei einigen hat Anne wiederum den Eindruck, dass sie irgendwo verschwinden mussten und ihnen nichts Besseres eingefallen ist, als Guerillero zu werden. Genauso gut hätten sie sich auch einer Bande von Straßenräubern oder Viehdieben anschließen können. Vor ihnen fürchtet sie sich am meisten, denn um solche Kämpfer zur Einhaltung irgendwelcher Regeln zu zwingen bedarf es sicherlich einer besonders harten Hand. „Habt ihr eigentlich keine Guerilleras bei euch?" „Willst du

---

[29] Räuberbande
[30] Eigentlich „junge Burschen", in den *Llanos* oft als verniedlichende Bezeichnung für die Guerrilla gebraucht

dich uns anschließen? Wir könnten solche, wie dich durchaus gebrauchen, *Gringa*[31]. "

Mit harschem Ton weist der *Comandante*[32'], wie ihn seine Leute ansprechen, dann die Schlafplätze zu und teilt Wachen ein. Anne wird mit Carmen und ihrem Verwalter in das Wirtschaftsgebäude geschickt. „Wehe, einer von euch kommt auf irgendwelche dummen Gedanken." Soweit Anne erkennen kann, bleiben zwei Männer bei den Gebäuden, zwei andere beziehen weit abseits am Zufahrtsweg zur *Finca* ihren Posten. Schnell wird es ruhig auf der *Finca*. Die letzten Männer haben sich zurückgezogen. Jedenfalls ist niemand mehr zu sehen. Nur die beiden Wachen gehen auf und ab. Anne hört zwar ihre Schritte, doch sie bleiben meist unsichtbar im Schatten der Gebäude. Erleichtert atmet sie auf. Offenbar haben sie und Carmen zumindest heute jedenfalls nichts mehr zu befürchten.

„Hast du irgendetwas zum Anziehen für mich?" Der selbstsichere Auftritt von Anne hat nun auch Carmen etwas beruhigt, und ihre Sprache wiederfinden lassen. „Ich fürchte, meine Sachen sind ihnen alle viel zu klein, aber kommen Sie und lassen Sie uns nachsehen, *Señora*." Anne folgt ihr in den Schlafraum des Verwalterpaares. Bislang hatte sie ihn noch nie betreten. Etwas betroffen sieht sie sich in dem kleinen und schäbigen Raum um. Sie hätte nie gedacht, dass Menschen mit so wenigen Sachen auskommen können wie ihre beiden Angestellten. Carmen hockt sich vor eine Truhe und durchwühlt deren spärlichen Inhalt. Schließlich zieht sie einen Rock und eine Bluse heraus und reicht beides der neben ihr

---

[31] Ausländerin
[32] Befehlshaber, Anführer

stehenden Chefin herauf. „Die Sachen könnten passen, denn mir sind sie eigentlich viel zu groß". Anne lässt das Handtuch fallen und probiert den Rock. Auch wenn er für sie sehr eng und kurz ist, passt sie einigermaßen hinein. Sie will gerade die Bluse anprobieren, da bemerkt sie vor sich am Fenster eine Bewegung. Sie sieht näher hin, kann jedoch nichts Ungewöhnliches mehr erkennen. Dennoch meint sie deutlich zu spüren, dass sie beobachtet werden. „Ich fürchte, die Bluse ist wirklich zu eng für mich." Enttäuscht gibt sie sie Carmen zurück und behält dabei unauffällig das Fenster im Auge. Tatsächlich tauchen dort nun die Gesichter der beiden Wachen aus der Dunkelheit auf und spähen vorsichtig in den Raum. Sie beobachten sie wohl schon eine Weile. Ihre lüsternen Blicke lassen deutlich erkennen, dass sie schon lange mit keiner Frau mehr zusammen waren. Als sie merken, dass Anne sie entdeckt hat, ziehen sie sich zurück. Anne dreht sich wieder zu der neben ihr hockenden Carmen. „Hast du noch irgendetwas anderes?" Bedauernd schüttelt die Angesprochene den Kopf.

Plötzlich lässt ein Geräusch im Nebenraum die beiden Frauen aufhorchen. Es hört sich so an, als ob dort jemand miteinander ringt. Dann fliegt die Tür auf. Carmen schreit entsetzt auf, als sie die beiden Wachen erkennt und bemerkt, dass sie zwischen sich den leblos wirkenden Enrique in den Raum schleifen. „Der wird so schnell nicht wieder versuchen, den Helden zu spielen." Achtlos lassen sie ihn auf den Boden fallen. Ungläubig und hilflos starrt Carmen auf den vor ihr liegenden Körper. Anne beugt sich besorgt über ihn. Erleichtert bemerkt sie, dass er lebt und offenbar sein Bewusstsein langsam wiedergewinnt. Die beiden Männer beobachten das Schauspiel belustigt. Grinsend bemerkt einer von ihnen zu Anne: „Er wollte nicht, dass seine Frau endlich mal wieder von einem Jüngeren beglückt wird". Wie sein Gefährte stiert er dabei mit glänzenden Augen auf ihren Körper. Weiß vor Zorn blickt Anne auf. Erst jetzt wird ihr wieder bewusst, dass sie bis auf den viel zu kleinen Rock nackt ist. Dennoch zögern die Kerle, sie anzurühren. Stattdessen beginnt einer von ihnen Carmen das Kleid vom Leib zu reißen. Gelähmt vor Angst und unfähig, sich zu wehren, lässt sie es geschehen. Wie ein wildes Tier versucht Enrique, wieder auf die Beine zu kommen, um seine Frau zu schützen.

„Langsam, langsam. Lass' den beiden doch ein wenig Spaß." Mit eisernem Griff hält ihn der andere Mann fest und er muss hilflos mit ansehen, wie der letzte verbleibende Stofffetzen jetzt nicht mehr ausreicht, die Blöße seiner Frau zu bedecken. Da stürzt sich Anne, ohne lange nachzudenken, auf Carmens Peiniger. Blindwütig versucht sie, ihn von ihr wegzureißen. Doch nun gleich zwei fast unbekleidete Frauen vor sich, wachsen dessen Begierden erst recht. Wie in einem Traum sieht Anne seine vor Lust glühenden Augen schon über sich, als er plötzlich blutüberströmt zusammensinkt.

In ihrer Erregung hat sie nicht mitbekommen, wie weitere Männer in den Raum gestürmt sind. Sie erkennt jetzt den *Comandante*. Er hat ein Stuhlbein in der Hand und rasend vor Wut, schlägt er es mit voller Wucht nun auch auf den Schädel des anderen Angreifers. Ohne begriffen zu haben, was geschehen ist, taumelt der gegen eine Wand und liegt kurz darauf ebenfalls bewusstlos am Boden. „Ich habe die beiden nun schon mehrfach gewarnt. Vielleicht werden sie jetzt endlich lernen, dass wir keine Viehdiebe, sondern Guerilleros sind." „Ich fürchte, der hier kann nichts mehr lernen, *Comandante*." Resigniert lässt einer seiner Männer den leblosen Arm von Carmens Peiniger fallen, der vor ihm in einer schnell wachsenden Blutlache liegt. Vergeblich hat er daran gezogen und gezerrt, um ihn aufzurichten und wieder zu Bewusstsein zu bringen. Der *Comandante* zuckt nur gleichgültig mit den Schultern und wendet sich unbeeindruckt davon an Anne. „Geh und hol dir etwas zum Anziehen, bevor noch andere von meinen Leuten den Verstand verlieren".

Schnell hat sie sich wieder gefangen und eilt erleichtert zum Wohnhaus. Hastig zieht sie sich etwas an. Auch wenn sie weiß, dass das sinnlos ist, schiebt sie den Riegel vor ihre Tür. Erschöpft will sie sich für einen kurzen Moment auf ihr Bett legen. Doch sie fällt sofort in tiefen Schlaf. So bekommt sie nicht mit, wie die Guerilla im Morgengrauen verschwindet. Als Anne erwacht, ist das Haus leer. In der Küche findet sie nur Enrique und Carmen, die in einer Ecke auf dem Boden hocken und sich in panischer Furcht noch immer nicht zu rühren wagen. Erst langsam begreifen sie, dass die Gefahr erst einmal vorüber ist. Unfähig, etwas zu sagen, schauen sie Anne dankbar und bewundernd an. So überraschend wie die Guerilla aufgetaucht war, ist sie wieder verschwunden. Auch die Leiche von Carmens Peiniger ist nicht mehr da. Wären da nicht der Blutfleck und das zerrissene Kleid, könnte man meinen, alle drei sind sie nur aus einem schlechten Traum erwacht.

Natürlich hat die Begegnung mit der Guerilla Anne deutlich vor Augen geführt, welche Gefahren sie auf der *Finca* ausgesetzt ist. Ihr ist durchaus bewusst, dass sie dieses Mal viel Glück gehabt hat und beim nächsten Male vielleicht nicht mehr so ungeschoren davonkommt. Dennoch lässt sie sich von diesem Vorfall nicht beeindrucken. Ihr ist klar, dass die Wildnis nicht nur romantische Seiten hat und sie immer wieder harte Bewährungsproben zu bestehen haben wird.

Doch bewusst oder unbewusst hat sie die Gefahren und Risiken offenbar völlig verdrängt, wie es die meisten Menschen tun, die es hier in die Wildnis verschlagen hat. Keinen Moment denkt sie daran, die *Finca* zu verlassen, wie viele andere es an ihrer Stelle vermutlich nach solchen traumatischen Erlebnissen getan hätten. Sie hat in der Wildnis ihre Erfüllung gefunden und will auch auf die immer neuen Herausforderungen dort nicht mehr verzichten. Wildnis! Sie liebt ihre Einsamkeit. Sie kann ohne ihre grenzenlose Freiheit nicht mehr leben. Fassungslos sieht Paul seine Frau an, als sie wieder auf der Veranda zusammensitzen und sie ihn voller Glücksgefühle fragt: „Weißt du eigentlich, wie schön es hier sein kann?" Hatte er das nicht schon einmal gehört?

Eklat

Natürlich verfolgen viele in der Gegend Marias Romanze mit dem *Gringo* sehr genau. Endlich gibt es wieder reichlich Gesprächsstoff für die Bierrunden. Zahllose Gerüchte müssen analysiert, interpretiert und weitererzählt; neue in die Welt gesetzt werden. So kursieren sehr unterschiedliche Meinungen zu Marias Beziehung zu Paul. Für die meisten steht es außer jedem Zweifel, dass sie seine Geliebte ist. Doch da sind auch Stimmen, die wissen wollen, dass sie trotz der innigen Beziehung noch nie miteinander geschlafen haben. Auch wenn Anne überzeugt davon ist, dass die beiden seit Langem intim sind und sich an den Gedanken fast gewöhnt hat, ist es ihr nicht gleichgültig. Trotz der gewachsenen Distanz zwischen ihr und Paul spürt sie unverändert eine quälende Unruhe in sich. Ob sie ihn noch immer liebt? Ist es Eifersucht oder nur verletzte Eitelkeit? Sie kann es nicht sagen. Doch sie ist dagegen wehrlos.

Es ist Freitagabend und Paul hat angekündigt, dass er heute auf die *Finca* kommen wird. Anne beschließt, ihm entgegenzufahren und ihn zu überraschen, wenn er bei Maria den üblichen Zwischenstopp einlegt. Sie hält in der Nähe der *Tienda* und wartet. Statt der gewohnten Reithose und den Stiefeln trägt sie einen kurzen Rock und hohe Absätze. Auch mit ihrer luftigen, ärmellosen Bluse über sonst nackter, braungerannter Haut zeigt sie weit mehr von sich, als sie das normalerweise tut. Fest entschlossen hat sie sich vorgenommen, ihm in Gegenwart ihrer Rivalin vorzuführen, dass seine Frau nicht weniger reizvoll sein kann, als diese armselige, schamlose Maria. Als er schließlich eintrifft kommen ihr jedoch plötzlich Zweifel, ob das wirklich eine gute Idee war, und sie überlegt, wieder auf die *Finca* zurückzufahren. Unschlüssig beobachtet sie, wie er eilig zu Marias Hütte läuft. Ursprünglich wollte sie ihn schon hier begrüßen, doch irgendetwas hält sie zurück und sie bleibt im Wagen sitzen. Hin- und hergerissen folgt sie ihm aber schließlich doch. An den Tischen unter dem Vordach sitzen mehrere Männer beim Bier. Sie empfangen Anne mit Pfiffen und anzüglichen Zurufen. Ohne sie zu beachten sieht sie sich um. *„Hola, Guapa! Me buscas a mi?"* „Hallo Schöne! Suchst du nach mir?" Paul und Maria sind nirgends zu sehen. Sie wirft einen forschenden Blick durch die offene Tür in den Verkaufsraum. Nichts. Einer Vorahnung folgend betritt sie die Hütte. Im schummrigen Licht, halb verborgen hinter aufgestapelten Kisten, findet sie die beiden tatsächlich in enger und heftiger Umarmung. Wenig überrascht geht sie zu ihnen. „Hallo Paul, hallo Maria, ich hoffe, ich störe nicht." Erschrocken blicken die beiden sie an und lösen sich rasch voneinander. „Du hier?" Verwirrt greift er nach ihren Händen, doch sie zieht sie weg. „Keine Sorge, ich lasse euch gleich wieder alleine. Ich wollte bloß eine Flasche *Nectar* bestellen." „Du willst was?" Maria versucht, die Fassung zu bewahren.

Gerade als Anne ihre Bestellung wiederholt, betritt Gloria den Raum, um eilig nach irgendetwas in dem Regal hinter dem Tresen zu suchen. Sie hat sich mächtig herausgeputzt. Neben einem auffallenden, wenn auch nicht sehr professionellen Make-up hat sie ein höchst gewagtes Kleid gewählt, in dem sie bei jeder ihrer Bewegungen der ungeteilten Aufmerksamkeit der männlichen Gäste sicher sein kann. Natürlich bleiben Maria die abfälligen Blicke nicht verborgen, mit denen Anne ihre Tochter betrachtet. Voller Hohn wendet sich Anne wieder an sie. „In deinem Puff hier wird es doch sicher noch eine Flasche davon geben?" Puff! Maria reagiert prompt. „Gleich eine ganze Flasche? Hast du wieder deinen Nachbarn oder diesmal deinen Vorarbeiter zu beglücken? Oder gleich beide?" Paul sieht Maria fragend an. Auch Gloria versucht, zu verstehen, was hier vorgeht. Erst jetzt hat sie die Anwesenheit von Anne wirklich wahrgenommen. Sie hat keine Ahnung, wer das ist und warum sie ihre Mutter und sie beleidigt. Wütend fragt sie sich, wie diese fremde Frau dazu kommt, sie als Hure zu betrachten, zumal sie selbst auch nicht viel weniger freizügig bekleidet ist. „Wer ist denn dieses alte Flittchen?"

Anne tut so, als habe sie weder Marias noch Glorias Bemerkung gehört. Ohne zu fragen, nimmt sie sich selbst eine Flasche *Nectar* aus dem Regal. Maria will etwas sagen, doch Anne kommt ihr zuvor. „Keine Angst. Ich weiß, dass es hier nichts gratis gibt. Setze sie auf deine Rechnung für Paul. Er wird sie sicher genauso gerne wie alles andere bezahlen. Nicht wahr, Paul?" Betont lässig, als würde sie das alles nicht sonderlich berühren, geht sie an ihm vorbei zur Tür. „Wenn du die *Vieja*[33] lange genug geküsst hast, kannst du ja vor der Hütte mit mir einen *Aguardiente* trinken. Dort ist es nicht so stickig wie hier, und vielleicht erzähle ich dir dann etwas über unseren Nachbarn."

Zum Erstaunen der abenteuerlichen Gestalten vor der Tür setzt sie sich zu ihnen. Wie die meisten hier sind es vermutlich Viehtreiber oder Wanderarbeiter. Es würde jedoch nicht überraschen, wenn unter ihnen auch Viehdiebe oder Schmuggler sitzen sollten. Breite Strohhüte lassen nur wenig von ihren wettergegerbten Gesichtern erkennen. Wirre Haarsträhnen, Bartstoppeln, verschmutzte Hände und Füße lassen erahnen, dass sie alle schon ewig kein Bad mehr genommen haben. Sie tragen zerlumpte Kleidung. Bei keinem von ihnen fehlt die mit Fransen geschmückte Lederscheide am

---

[33] Vieja (Alte) hier despektierlich gebraucht

Gürtel, in der die unentbehrliche, scharfgeschliffene *Machete* steckt. Auch Anne trägt oft eine bei sich, wenn sie die *Finca* durchstreift. Alle diese Äußerlichkeiten scheinen sie überhaupt nicht zu stören. Daran, dass die Männer nach Tabak, Schweiß und Alkohol riechen, ist sie mittlerweile gewöhnt. Selbst deren gierige Blicke auf ihren Körper, schrecken sie in keiner Weise ab. Einen oder zwei von ihnen meint sie schon einmal gesehen zu haben. Umgekehrt haben wohl alle von ihr gehört und warten misstrauisch, aber neugierig darauf, was die *Gringa* nun tun wird.

Souverän und mit bewundernswerter Gelassenheit hebt sie die Flasche hoch und schaut auffordernd in die Runde. „Wollt ihr ein Glas mit mir trinken?" Und ob. Der Bann ist gebrochen. Begeistert halten ihr alle ihre Gläser hin. Als Paul wenig später dazu kommt, ist sie bereits der Mittelpunkt einer ausgelassen lachenden Meute. Paul kann es wieder nicht fassen, dass es sich dort wirklich um dieselbe schüchterne und unbeholfene Frau handeln soll, die er einst in Deutschland zurückgelassen hatte. Irritiert setzt er sich neben sie. Anne schaut hämisch in die Runde. „Das ist kein Liebhaber, das ist nur mein Mann! Der Ärmste muss in Bogotá arbeiten, statt sich hier um seine Stuten kümmern zu können." Lautes Gelächter. Sie füllt wieder die Gläser.

Der Lärm lockt nun auch Maria aus der Hütte. Ihre Überraschung, Anne zwischen all diesen Männern sitzen und mit Ihnen trinken zu sehen, ist nicht gespielt. Niemals hätte sie ihr zugetraut, sich mit einer solchen Bande einzulassen und sie so zu zähmen, dass sie ihr willenlos aus der Hand fressen. Gloria ist ihrer Mutter gefolgt und fügt sich begeistert in die muntere Runde ein. Für solche Begegnungen ist sie immer zu haben und was die Teilnehmer betrifft, niemals wählerisch. Mit einem scheinheiligen Lächeln geht sie auf Anne zu und drängt sich zu ihr an den Tisch. Herausfordernd blickt sie Paul an und wirft ihm dreist einen Kuss zu. „Die Tochter hast du dir also auch gleich genommen", entfährt es Anne. „Sind die beiden die Einzigen, oder gibt es hier vielleicht noch mehr solcher betörenden Schlampen?" Das Gelächter und Gegröl der Gruppe übertönt nun selbst die *Cumbia* aus dem Lautsprecher und ist schon weit abseits der Hütte zu hören.

Ein Geländewagen fährt vorbei. Durch das fröhliche Treiben offenbar neugierig geworden, stoppt er und setzt zurück. Der Motor verstummt. Eine Autotür schlägt zu. Kurz darauf tritt ein Mann in das spärliche Licht der nackten Glühbirnen, die unter dem Wellblechdach hängen. Es ist José. Noch immer beleidigt, beachtet er Maria nicht. Nach der unseligen Auseinandersetzung mit Paul hat er sein Interesse von der Mutter auf die Tochter verlegt. So hat er gehalten, um zu sehen, ob Gloria dabei ist. Als er sie tatsächlich mit glänzendem Gesicht, wirrem Haar und halb offenem Kleid in der Runde entdeckt, verfinstert sich seine Miene. Er hat wohl schon kräftig getrunken. Grob stößt er einen ihrer Bewunderer beiseite. Erstaunlicherweise wehrt der sich nicht dagegen, sondern sucht sich mit servilem Gehabe einen anderen Platz. Paul beobachtet José und fragt sich nicht zum ersten Mal, woher dessen beachtliche Autorität, die er in der Gegend offensichtlich genießt, eigentlich stammen mag. Vorwurfsvoll fährt José Gloria an. „Was sitzt du hier mit dem Gesindel und lässt mich warten." Ein wütendes Murren darüber als Gesindel bezeichnet zu werden geht um den Tisch. „Wie oft habe ich dir befohlen, dich von solchen gefährlichen Kerlen fernzuhalten". Gefährliche Kerle! Damit hat er zweifellos recht. Aus finsteren Blicken wird schnell wieder ein stolzes, zufriedenes Grinsen. Schuldbewusst senkt Gloria die Augen, hängt sich an ihn und flüstert ihm etwas Geheimnisvolles zu, was ihn offenbar friedlich stimmt.

Mehr und mehr fesselt José jetzt jedoch die ihm unbekannte blonde Frau neben Paul. Aufmerksam beobachtet er, wie sie mit den Leuten umgeht, die ganz und gar nicht zu ihr passen. Überhaupt scheint sie aus einer anderen Welt zu stammen. Die Kombination aus wilder, ungezügelter, frivoler Abenteuerin und zugleich ehrfurchtgebietende Persönlichkeit, beeindrucken ihn spürbar und lassen ihn Gloria fast vergessen. Als die das erkennt, springt sie zornig auf. „Glücklicherweise gibt es noch mehr Männer als dich." Mit träumerischen Augen denkt sie an Gabriel und fügt hinzu: „Und weit attraktivere". Dann verschwindet sie in der Hütte. José achtet nicht darauf und macht auch keinen Versuch sie zurückzuhalten. Er hat nur noch Augen für Anne. Sie merkt es und lächelt ihn freundlich an. „Wer ist denn der geheimnisvolle Prinz aus der Dunkelheit, der nicht aufhört, mich anzustarren, als sei ich ein Geist?" Wieder großes Gelächter. Sein aufgekommener Ärger darüber, dass sie ihren Spaß zu seinen Lasten treibt, verfliegt allerdings schnell, als er zu spüren glaubt, dass sie sich für ihn interessiert. Als er auch noch erfährt, dass die Unbekannte Pauls Frau ist, glänzen seine Augen und er kann sein Glück nicht fassen. Vielleicht ist das die lang erwartete Gelegenheit für seine Rache.

Maria, bisher emsig bemüht, leere Gläser zu füllen und immer neue Flaschen herbeizuschaffen, hat das Schauspiel dennoch die ganze Zeit erregt verfolgt. Als Anne kurz verschwindet, setzt sie sich rasch auf Pauls Schoss und legt ihren Arm um seinen Hals. Sie macht auch keine Anstalten den Platz bei Annes Rückkehr wieder zu räumen. Im Gegenteil. Einem unwiderstehlichen inneren Drang folgend, schmiegt sie sich noch enger an ihn. Anne wartet darauf, dass Paul das Spiel endlich beendet. Doch der sieht sie nur hilflos an und rührt sich nicht. Bitter enttäuscht und tief getroffen von seinem Verhalten, wendet sie sich von ihm ab. Auch wenn sie vor Zorn kocht, lässt sie sich nichts anmerken. „Du kannst ihn für heute Nacht gerne behalten. Er ist ohnehin zu betrunken, um noch etwas mit ihm anzufangen", ruft sie Maria verächtlich zu. Dann erhebt sie ihr Glas und fragt zynisch in die Runde: *„Quizás brindamos por el amor, qué les parece*?" „Vielleicht sollten wir auf die Liebe trinken, was meint ihr?"

Unter dem Gelächter der Zechkumpane geht sie zu José und setzt sich mit einem verführerischen Lächeln neben ihn. Auch wenn sie nicht weiß warum, spürt sie deutlich, dass sie Paul besonders empfindlich treffen kann, wenn sie sich dem auf sie nicht unattraktiv wirkenden Fremden zuwendet. Vertraulich hakt sie sich bei ihm ein. „Verrätst du mir jetzt deinen Namen?" Im ersten Moment verwirrt, gewinnt José schnell seine Fassung zurück und richtet sich stolz auf. *„Como no*[34] . José! José Restrepo. Du hast meinen Namen sicher schon gehört." „Muss ich?" „Jeder in der Gegend kennt mich." „Dann wird es wohl höchste Zeit, dass auch ich dich kennenlerne?" In seiner Eitelkeit entgeht ihm ihre Ironie. „Und du bist also Anne, von der so viele Gerüchte umgehen." Spöttisch sieht er zu Paul hinüber und zieht sie dichter zu sich heran. Doch der bleibt noch immer wie versteinert sitzen So lässt sie es geschehen. Triumphierend umarmt José sie. Unverfroren beginnt er sogar ihren Oberschenkel zu streicheln. Dabei schiebt er ihren kurzen Rock noch weiter hoch. Paul starrt die beiden zwar fassungslos an, aber Anne wartet vergeblich darauf, dass er endlich handelt. Schmerz, Zorn, Rache,

---

[34] „Warum nicht"
Beliebte Höflichkeitsfloskel in Kolumbien

Erregung, Lust oder Trunkenheit? Statt José zu stoppen, ermuntert sie ihn jetzt mit glühenden Augen, nicht von ihr abzulassen. Paul hat noch immer nicht verstanden, was sie dazu antreibt und ist ratlos, wie er reagieren soll. Ausgerechnet José!

Da verliert Maria jede Beherrschung und handelt für ihn. Wild und stürmisch küsst sie Paul vor der ganzen Meute, springt auf und zieht ihn schamlos mit sich. „Komm lass mich nicht länger warten, lass uns rasch in die Hütte gehen!" Verdutzt sehen Anne und José, wie er ihr widerstandslos folgt und die beiden verschwinden.

Erstaunlicherweise ist es Anne, die als Erste die Sprache wiederfindet. „Ist es zu deiner *Finca* eigentlich weit von hier?". „Nein. Willst du sie kennenlernen?" „Vielleicht." José glaubt zu träumen. „Jetzt gleich?" Einen Mann zu ihrem willenlosen Opfer zu machen... Was Maria kann, kann sie schon lange und steht auf. „Warum nicht?"

Irrungen

Als Anne am nächsten Morgen aufwacht weiß sie zunächst nicht wo sie ist. Ihr Kopf dröhnt vom vielen Alkohol. Doch schnell kommt sie zu sich und hat die Bilder der vergangenen Nacht wieder vor Augen. Bilder von der feuchtfröhlichen Runde vor der *Tienda*. Bilder von Paul. Sie sieht ihren Ehemann, wie er hilflos Marias Umarmungen duldet und schließlich mit ihr verschwindet. Ungeheure Wut steigt in ihr auf. Sie kann nicht begreifen, dass er unfähig war, sich gegen die geschickten Manipulationen von Maria zu wehren. Sie hätte nicht gedacht, dass er so feige sein könnte, ihren Entscheidungen widerstandslos zu folgen und ihr ergeben zu gehorchen. Sie hat ihn für stärker gehalten. Hat er ihr Spiel wirklich nicht durchschaut. Hat er nicht gesehen, dass sie alles tun würde, damit er sie aus dem fragwürdigen Etablissement in der Einsamkeit herausholt? Dass sie sicher nichts unversucht gelassen hat, um stattdessen ein komfortables, für sie luxuriöses Leben führen zu können? Wie kann er so blind sein? Womit mag sie ihn verzaubert haben?

Durch das offene Fenster hört sie die Rufe von Farmarbeitern vor einem der Wirtschaftsgebäude. Sie sind dort schon seit Tagesanbruch tätig. Ein Pferd wiehert. Aufgescheuchte Hühner flattern gackernd davon. Nachdenklich betrachtet sie ein angestaubtes Ölbild an der Wand. Es zeigt einen Mann und eine Frau, die in traditioneller Kleidung der *Indigenas* einträchtig vor einer kleinen barocken Kirche sitzen. Die Gesichter der beiden strahlen Ruhe und Harmonie aus. Im Hintergrund sind Reiter zu erkennen, die wie wild durch die weite Steppe galoppieren. Irgendein unbekannter Maler hat versucht, die Atmosphäre der Umgebung der *Finca* festzuhalten. Unverwandt muss sie auf die Gesichter des Paares starren. Dabei steigen auf einmal Zweifel in ihr auf, ob sie vielleicht zu hart mit Paul ins Gericht geht. Waren es wirklich Entscheidungs- und Charakterschwäche die sein Handeln bestimmt haben oder empfand er mittlerweile tatsächlich so viel mehr für Maria als für sie, um sich bewusst für die Kolumbianerin entschieden zu haben. War sie es nicht selbst, die mit ihrem Wandel sich wie die Reiter dort auf dem Bild immer weiter von ihm entfernt hatte? Nicht das erste Mal muss Anne sich eingestehen, dass auch ihre Gefühle für ihn mehr und mehr verloren gegangen sind. Wie konnte sie dann erwarten, dass er trotzdem unverändert an ihr hängt? Was geschehen ist, ist nicht mehr zu ändern. Soll er mit seiner Kolumbianerin glücklich werden!

Doch wenn Maria glaubte, sie würde nun besiegt in Depressionen fallen, hat sie sich gründlich getäuscht. Diesen Triumpf hat sie ihr nicht gelassen und wird es auch in Zukunft nicht tun. Sollte Paul zudem meinen, nur er habe das Recht, mit einem anderen Partner zu schlafen und seine Ehe trotzdem fortsetzen zu können, hat auch er sich gründlich getäuscht. Sie wird ihr Leben jetzt neu ausrichten. Ohne ihn. Vielmehr wird auch sie machen was sie will und ins Bett gehen mit wem sie Lust hat. Ihr Blick wandert zu dem neben ihr noch immer erschöpft schlafenden José. Er ist nackt wie sie. Ohne die Schleier des Alkohols vor Augen und bei hellem Tageslicht betrachtet, erscheint er ihr erheblich älter und unattraktiver als in der Nacht. Sein Haar ist grau und schütter. Zahllose tiefe Falten im Gesicht hatten ihm im Halbdunkel vor der *Tienda* und der Kulisse der Wildnis den Hauch einer verwegenen Romangestalt verliehen. Jetzt belegen sie nur noch sein fortgeschrittenes Alter. Umgeben von meist kleineren und schmächtigeren Männern war ihr sein ganzer Körper weit imposanter vorgekommen als jetzt, wo er alleine vor ihr liegt. Auch als Liebhaber hat er ihre Erwartungen bitter enttäuscht. Sein Ruf begehrenswertes Objekt zahlloser Frauen zu sein, ist zumindest für sie jetzt nicht mehr nachvollziehbar. Im Gegenteil. Wenn sie sich ihn nun betrachtet gehört er eher zu den traurigen, schnell alternden Gestalten, noch dazu von fragwürdigem Charakter. Kaum erwacht, versucht er sie wieder zu küssen doch sie weicht ihm aus. Er hat noch immer nicht erkannt, dass sie ihn nicht zu ihrem Liebhaber, sondern zu ihrem Opfer gemacht hat.

Rosa, ein eifriges, älteres „Hausmädchen" wartet schon eine Weile mit einem Frühstück auf sie. Offenbar gewöhnt an häufigen Damenbesuch hat sie ohne zu fragen zwei Gedecke auf einer Terrasse vorbereitet. Normalerweise interessiert sie sich kaum für die weiblichen Gäste, handelt es sich doch meist um einfältige, naive Frauen, die alle meinen, sie müssen nur mit José schlafen, um ihn für sich als Ehemann und Versorger zu gewinnen. Frauen, die meist schon beim Frühstück am nächsten Morgen enttäuscht erkennen müssen, dass sie bereits ausgedient haben. Oder es sind irgendwelche Flittchen, die schnell wieder verschwinden sobald sie ihr Geld kassiert haben. Doch Anne erweckt ihre besondere Neugier. Auch wenn Rosa keine Ahnung hat, wer sie ist, spürt sie eine Ausstrahlung mit der Anne sich deutlich von allen anderen Frauen mit denen er eine Nacht verbracht hat unterscheidet. Sie ist keine devote Gespielin, sondern eine Frau mit markanter Persönlichkeit. Verwundert fragt sie sich wie diese Frau sich überhaupt auf ein Abenteuer mit ihrem Patron einlassen konnte. José Ist nicht sehr gesprächig. Sein Charme von gestern Abend ist verschwunden. Sein Gesicht wirkt selbst nach einer ausgiebigen Dusche noch immer vertrocknet, eingefallen und alt. Auch er hat in der vergangenen Nacht zu viel getrunken und leidet offenbar unter heftigen Kopfschmerzen. Anne drängt darauf, gleich nach dem Frühstück auf ihre *Finca* zurückkehren zu wollen. „Warum bleibst du nicht noch länger, deine *Finca* wird deshalb nicht untergehen?" Sie lacht etwas gequält. „Auch wenn es hier sehr schön ist, kann ich doch nicht ewig bleiben." „Ich will mich aber nicht gleich wieder von dir trennen." Nun klingt er wie ein trotziges kleines Kind, dem man sein Spielzeug verwehrt. „Ich finde es sehr nett, dass du das willst, aber ich will zurück auf meine *Finca*." Es ist nicht zu überhören, dass sie ungeduldig wird. Die Erfahrung, dass eine Frau nicht nur seine Wünsche ignoriert, sondern auch mit einem derart unverschämten Selbstbewusstsein ihm gegenüber auftritt ist für ihn neu. Wut steigt in ihm auf. Er beschließt sie zu lehren, seinen Willen zu erfüllen. „Leider muss ich ein paar dringende Dinge erledigen, so dass ich dich noch nicht zu deinem Wagen bringen kann." Dummerweise steht ihr Auto noch bei Marias *Tienda*, da José sie in seinem hierhergebracht hat. „Hast du denn niemand, der das übernehmen kann?" „Nein, alle anderen Fahrzeuge sind unterwegs. So wirst du zwangsläufig erst einmal hierbleiben müssen." Der Ton in dem er das sagt, gefällt ihr überhaupt nicht. In ihr wächst das Gefühl, er wolle sie hier einsperren. „Und wann wirst du zurücksein, um mich zu meinem Auto zu bringen?" „Ich fürchte es wird heute spät werden. Doch du kannst dich in Ruhe auf der *Hacienda*[35] umsehen und wenn du etwas brauchst wird Rosa dir helfen." „Das ist unmöglich, ich muss zurück. Du wirst mir doch wohl eine Transportmöglichkeit besorgen können." Nunmehr sichtlich verärgert hat Anne einen schärferen Ton angeschlagen. Doch José beeindruckt das nicht. „Wie oft muss ich dir noch erklären, dass ich keine Transportmöglichkeit habe? Du bleibst hier und tust was ich dir vorgeschlagen

---

[35] Großer Bauernhof, Großgrundbesitz

habe!" Ohne ihren heftigen Protest weiter zu beachten steigt er in seinen Wagen und fährt davon.

Verblüfft und zornig bleibt Anne zurück. Was bildet der Kerl sich ein? Sie wird sich von ihm keine Befehle geben und schon gar nicht einsperren lassen. *„Le provoca otro tinto*[36] *, Señora?"* „Wollen Sie noch einen Kaffee? Aus irgendeinem geheimnisvollen Grund behandelt Rosa Anne mit einem Respekt, den sie gegenüber den Frauen, die hier eine Nacht verbracht haben niemals aufbringen würde. „Gibt es hier in der Nähe einen Bus oder jemand der mich zu Marias *Tienda* fahren kann?" Rosa schüttelt den Kopf. „Nein. Um von hier weg zu kommen braucht man ein eigenes Fahrzeug. Und seien Sie vorsichtig, wenn Sie gegen seinen Willen die *Hacienda* verlassen. Er kann sehr zornig werden, wenn man seinen Anweisungen nicht folgt." „Soll er doch zornig werden. Das kann ich auch. Ich denke gar nicht daran, seinen Anweisungen zu folgen. Er hat mir nichts zu befehlen." „Ich hoffe, Sie wissen, was Sie tun." Auch wenn Rosa bezweifelt, dass Anne ihren Widerstand durchhalten kann, ist sie von ihrer Entschlossenheit beeindruckt. Wieder alleine überlegt Anne wie sie hier wegkommen kann. Auf keinen Fall will sie auf seine Rückkehr warten. Wer sagt ihr, dass er sie dann zu ihrem Wagen bringt, sondern sie weiterhin gefangen hält. Ratlos sieht sie sich auf der *Hacienda* um. Ein breiter von hohen Palmen gesäumter Weg führt vom Tor zu dem luxuriösen Wohnhaus. Von verschiedenen Terrassen hat man herrliche Blicke auf die ausgedehnten Pflanzungen und das weite Buschland der tropischen Steppe. Zahlreiche Wirtschafts-gebäude weisen auf die beachtliche Größe der *Hacienda* hin.

---

[36] Typische kolumbianische Formulierung. „Tinto" wird in Kolum-bien für schwarzen Kaffee benutzt.

Ananasfelder, Papaya- und Mangobäume machen einen gepflegten Eindruck. Neben den Pflanzungen wird von hier eine beeindruckende Viehherde versorgt. Mehrere Männer sind damit beschäftigt, die Stallungen zu reinigen. Drei fertig gesattelte Pferde stehen vor ihren Boxen und warten geduldig darauf endlich loslaufen zu können. Pferde! Plötzlich weiß Anne was sie tun wird und fragt sich, warum sie nicht längst darauf gekommen ist.

Sie sucht sich in der Nähe der Pferde einen Platz, von dem aus sie die Männer beobachten kann, ohne selber von ihnen gleich entdeckt zu werden. Ob José seine Leute angewiesen hat, Anne im Auge zu halten und zu verhindern, dass sie die Hacienda verlässt? Nach seinem Auftritt beim Frühstück und der Warnung von Rosa hält sie das durchaus für möglich, wenn nicht sogar für wahrscheinlich. So muss sie sehr vorsichtig sein. Dennoch fest entschlossen ihr Gefängnis so schnell wie möglich zu verlassen, wartet sie auf einen günstigen Moment, um mit einem der Pferde zu verschwinden. Sie hat eine ungefähre Vorstellung wie sie zu ihrem Auto kommt ohne den Fahrweg benutzen zu müssen. Nicht weit von dem Weg entfernt gibt es einen Fluss der nach ihrer Erinnerung zum größten Teil parallel zu ihm in dieselbe Richtung fließt, so dass sie sich leicht daran orientieren kann. Sie wird den Fluss überqueren, ihm auf dem anderen Ufer folgen und erst kurz vor der *Tienda* wieder auf den Fahrweg zurückkehren.

Geduldig harrt sie auf ihrem Posten aus. Endlich machen die Männer eine Pause und verlassen die Ställe, um sich etwas zu essen und trinken zu holen. Sie hat Glück. Keiner von ihnen bleibt zurück und offenbar hat bisher auch niemand nach ihr gesucht. Um zu reiten ist sie denkbar ungünstig gekleidet. Doch das bereitet ihr die geringsten Sorgen. Rasch zieht sie den engen Minirock so hoch, dass sie das Pferd besteigen und im Sattel sitzen kann. Die Schuhe mit den hohen Absätzen verstaut sie in einer Satteltasche und läuft barfuß weiter. Bevor sie sich auf das Pferd schwingt, löst sie noch rasch die Sattelgurte der beiden anderen Pferde, um gegebenenfalls etwas Zeit vor Verfolgern zu gewinnen. Wenige Augenblicke später sitzt sie im Sattel. Mit dem Pferd, das sie sich ausgesucht hat, hat sie keine schlechte Wahl getroffen. Das Tier reagiert sofort auf ihr Kommando. In schnellem Galopp reitet sie an den Gebäuden der *Hacienda* vorbei und zum Tor hinaus. Bevor das Klappern der Hufe auf dem Kopfsteinpflaster jemand alarmieren kann ist sie bereits im Buschland verschwunden.

Schon nach kurzer Zeit erreicht sie den Fluss. Bevor sie das Pferd in das breite Flussbett treibt versichert sie sich noch einmal, ob ihr keiner folgt. Noch haben die Männer offenbar nicht gemerkt, dass ein Pferd fehlt. Vorsichtig tastend, um auf dem Geröll nicht auszugleiten, sucht sich das Pferd den Weg durch den breiten, aber flachen Fluss. Sie erreicht das andere Ufer und sobald sie aus dem dichten Ufergebüsch des Galeriewaldes auf die kahle Steppe herauskommt, geht es wieder im Galopp weiter. So ist sie schon weit weg, als die Männer den Verlust des Pferdes entdecken. Böses ahnend suchen sie nach der Frau, die sie bewachen sollten. Sie ist nirgends mehr zu finden. Fluchend überlegen sie, was sie tun können, um sich den gewaltigen Ärger des Patrons zu ersparen. „Sie wird zu Marias *Tienda* geritten sein. Wohin sonst?" Aufgeregt brüllt einer der Männer, wohl ein *Capataz*[37], einen seiner Arbeiter an. „Lass uns schnell hinterherreiten.

---

[37] Vorarbeiter, Aufseher,

Vielleicht holen wir sie noch ein". Beide rennen zu den Ställen. Keiner von ihnen achtet auf die gelösten Gurte. Als sie sich eilig auf ihre Pferde schwingen wollen rutschen sie ab und schlagen beide mit den Sätteln in der Hand auf den harten Steinboden auf. Fluchend springt der *Capataz* auf, um sein Pferd wieder zu satteln. Der andere Mann windet sich noch vor Schmerz auf dem Boden. „Ich glaube, ich habe mir den Arm gebrochen." Stöhnend richtet er sich schließlich auf und untersucht ihn näher. Trotz des heftigen Schmerzes scheint der Knochen aber nicht beschädigt zu sein. „Stell dich nicht so an. Sieh zu, dass du in deinen Sattel kommst, sonst ist die Frau weg." Nervös hilft ihm der *Capataz,* den Sattelgurt festzuziehen und dann jagen beide in stürmischem Galopp davon.

Tatsächlich erreichen sie die *Tienda* bevor Anne dort eintrifft. Der *Capataz* sieht sich um. „Wenn ich mich nicht täusche ist das dort ihr Auto. Doch wo mag sie geblieben sein?" „Vielleicht ist sie direkt zu ihrer *Finca* geritten." „Unwahrscheinlich. Sie dürfte den Weg dorthin kaum finden und irgendwann muss sie doch ihr Auto holen. Lass uns hier eine Weile warten." Allzu bereit stimmt der Mann seinem Boss zu und hält sich seinen noch immer heftig schmerzenden Arm. „Ziemlich viele Leute hier," flüstert er, „Wie sollen wir die Frau von hier wegbringen, wenn sie tatsächlich auftaucht?" Der *Capataz* wird immer nervöser. Auch wenn es hier nur um einen seiner kapriziösen Einfälle zu gehen scheint, sieht er schon das zornige Gesicht von Jose vor sich, hört wie er ihn anschreit und mit Vorwürfen überschüttend von der Finca jagt. "Du hast recht. Wenn sie erst einmal hier ist, können wir nichts mehr tun. Wir müssen sie vorher abfangen." „Aber wo?" „Sollte sie uns entdeckt und sich irgendwo am Rande des Fahrwegs schnell verborgen haben?" „Das glaube ich nicht.

Sie muss einen anderen Weg gewählt haben. Wo würdest du langreiten, wenn du den Fahrweg vermeiden wolltest?" „Ganz klar. Auf der anderen Flussseite natürlich!" Schnell sitzen beide wieder im Sattel und reiten hoffnungsvoll zum Fluss.

Anne hat den Fluss gerade verlassen und sucht nach einem Weg zur *Tienda*, als sie in der Ferne die beiden Männer auf sie zukommen sieht. Fieberhaft überlegt sie, wie sie ihnen entgehen kann. Mitten auf der offenen Steppe werden sie sie jeden Moment entdecken, wenn das nicht schon geschehen ist. Um zum Fluss zurückzureiten bleibt ihr keine Zeit mehr, da sie sich schon zu weit von ihm entfernt hat. Selbst wenn sie ihn noch erreichen würde, wäre das wenig hilfreich. In diesem Uferabschnitt ragen nur ein paar wenige Palmen aus lichtem Gebüsch. Als sie dort vorbeigeritten ist hat sie nirgends einen Ort gesehen, wo sie sich mit dem Pferd verstecken könnte. Ganz in ihrer Nähe gibt es aber wenigstens einen kleinen *Morichal,* eine jener grünen Inseln in der weiten flachen Steppe, die ein Wasserloch mit ein paar hohen Palmen und dichtem Gestrüpp um sich herum geschaffen hat. Ohne weiter nachzudenken galoppiert sie darauf zu und hofft dort ein Versteck zu finden. Als sie es erreicht, muss sie enttäuscht feststellen, dass das Pflanzengewirr zwischen den Palmen so dicht ist, dass sie nirgends eindringen kann. Besorgt umkreist sie das zugewachsene Wasserloch. Sie will schon aufgeben, als sie doch noch eine Lücke entdeckt. Schnell springt sie vom Pferd und zwängt sich mühsam durch das Dickicht. Zum Glück folgt ihr das Pferd ohne sich zu sträuben. Sie hofft, dass am Wasserloch hier keine *Anacoda* wie auf ihrer *Finca* lebt. Noch schlimmer wäre es, wenn sie auf eine der Giftschlangen träfen, die sich an solchen Plätzen gerne auf die Lauer nach einem geeigneten Opfer legen. Auch wenn sie von ihr nicht gebissen würde, würde ihr Pferd in Panik flüchten und ihren

Aufenthaltsort verraten. Tatsächlich war es der letzte Moment um zu verschwinden. Schon wenige Minuten später hört sie wie sich ihre Verfolger dem *Morichal* nähern. Sie hält den Atem an. Ob sie sie nicht längst beobachtet haben und ihr Versteck kennen. Beruhigend klopft sie immer wieder den Hals des Pferdes besorgt, dass es die Nähe seiner Stallgenossen wittert und anfängt zu wiehern. Doch als wolle es ebenfalls nicht gefunden werden gibt es keinen Laut von sich. Die Hufschläge und das Schnaufen der herangaloppierenden Pferde kommen immer näher. Offenbar haben die Männer sie noch nicht entdeckt bevor sie sich verstecken konnte. Sie sind auch nicht auf die Idee gekommen, in dem *Morichal* nach ihr zu suchen, sondern reiten achtlos vorbei. Geduldig wartet Anne eine Weile ab, ohne sich zu rühren. Schließlich späht sie vorsichtig aus dem Versteck, um sich zu vergewissern, dass die beiden außer Sichtweite sind. Sie meint die beiden gerade noch gesehen zu haben, bevor sie jenseits des Flusses in der Ferne verschwunden sind. So wagt sie es das Versteck zu verlassen und so schnell wie möglich zu Marias Hütte zu reiten. Eigentlich wollte sie diesen unseligen Ort meiden, doch diesmal ist er für sie die Erlösung. Jose und seine Männer werden es nicht wagen sie von dort zu entführen. Dennoch sieht sie sich vorsichtig um, ob José jemand als Wache an ihrem Auto zurückgelassen hat. Erleichtert kann sie weit und breit niemand Verdächtigen entdecken. Bevor sie von einem der Gäste gesehen wird, springt sie nun rasch aus dem Sattel, zieht ihren Rock wieder herab und bindet das Pferd neben anderen an. Soll José doch nach ihm suchen.

Wie der *Capataz* vorausgesehen hat, ist José außer sich vor Wut, als er erfährt was geschehen ist. „Ich hatte doch gesagt ihr sollt auf sie aufpassen. Stattdessen lasst ihr sie in aller Ruhe abhauen und seid nicht einmal in der Lage eine hier unerfahrene *Gringa* wieder einzufangen." Auch wenn er vor allem seinen *Capataz* mit schweren Vorwürfen überhäuft, wirft er ihn aber nicht hinaus. Nachdem er seinem Ärger Luft gemacht hat wandert er ruhelos auf einer der Terrassen hin und her. Ihm ist klar, dass er sich durch seinen unsinnigen Versuch Anne noch eine Weile festzuhalten ihre Sympathien endgültig verspielt hat. Dennoch will er nicht aufgeben.

Seit jener denkwürdigen Nacht in Marias *Tienda* hat sich Paul nicht mehr auf der *Finca* blicken lassen. Anne geht davon aus, dass er entweder bei Maria geblieben oder nach Bogota zurückgefahren ist. Froh, dass sie ihm nicht begegnen muss ist es ihr auch ziemlich gleichgültig, wo er ist. Zu ihrem großen Bedauern ist aber auch Mario seitdem nicht mehr bei ihr erschienen. Ob er etwas von ihrem unglücklichen Abenteuer mit José erfahren hat? Tage später stößt sie zufällig im Dorf auf ihn. Als er sie sieht versucht er ganz offensichtlich ihr auszuweichen. Doch Anne holt ihn ein und drängt ihn sich mit ihr in eine *Cafeteria* zu setzen. Noch immer außer Atem stellt sie ihn zur Rede. „Warum willst du nichts mehr von mir wissen? Was habe ich dir getan?" „Das fragst du noch? Wie konntest du dich mit José einlassen? Ausgerechnet mit diesem elenden Schuft und miesen Frauenheld? Du musst verrückt gewesen sein!" „Woher willst du wissen was geschehen ist?" „Die ganze Gegend weiß das. Nachdem José mehreren Leuten stolz erzählt hat, dass er mit dir geschlafen hat, ist es wie ein Lauffeuer herumgegangen. José! Eine schlechtere Wahl hättest du nicht treffen können. Du hättest doch wissen müssen, dass er damit überall prahlen wird." Bedrückt versucht sie ihm zu erklären, dass sie sich aus unbändiger Wut und Enttäuschung dazu hat hinreißen lassen. Doch sie sieht ihm an, dass das für ihn keine Entschuldigung ist. Auch der Hinweis, dass sie José nicht gekannt hat und daher keine Ahnung hatte, mit was für einem Menschen sie es zu tun hat kann ihn nicht beeindrucken. „Schon deshalb hättest du nicht mit ihm ins Bett gehen dürfen." „Ich weiß, ich weiß. Was als Strafe für Paul gedacht war, schlägt nun voll auf mich zurück." „Sei ehrlich, deinen Mann zu bestrafen war doch nicht der einzige Grund, dich mit dem Kerl einzulassen." „Sondern..." Bislang wirkte sie ziemlich zerknirscht, doch nun fährt sie ihn auf einmal sichtlich verärgert in einer Lautstärke an, dass sich einige Leute an den Nachbartischen zu ihr umdrehen. „Ja, ich habe mit ihm geschlafen! Sicher war es ein Fehler. Doch ich denke nicht daran, mich bei irgendjemand dafür zu entschuldigen. Warum soll eine Frau sich nicht genauso auf ein flüchtiges Abenteuer einlassen und dabei irren können wie ein Mann?" Von ihrem plötzlichen Wutausbruch überrascht, hat Mario keine Antwort. Auch sie schweigt jetzt, starrt zornig auf die leere Kaffeetasse vor sich und denkt nach.

Nach wenigen Momenten ist sie offensichtlich zu einer Entscheidung gelangt. Sie richtet ihren Blick wieder auf ihn. „Ich werde zu José fahren und ihn zur Rede stellen. Ich bin sicher, dass dem Kerl die Lust vergehen wird, weitere Geschichten herum zu erzählen." Mario ist fassungslos. „Bist du verrückt? Er wird dich nur auslachen und die Gelegenheit nutzen, um dich wieder in sein Bett zu zerren." „Warten wir es ab. Morgen Nachmittag werde ich ihm einen Besuch machen, den er nicht so schnell vergessen wird." Sie steht auf. „Zahlst du oder soll ich zahlen?" „Ich natürlich." „Danke. Sehr schade, dass du nichts mehr von mir wissen möchtest." Bevor er ihr darauf etwas antworten kann ist sie verschwunden.

Wie angekündigt fährt sie am nächsten Tag tatsächlich zu Joses Hacienda In ihrem Gürtel verborgen unter einem weiten

T-Shirt steckt ein Revolver. José trifft fast der Schlag, als sie vor ihm steht. Zunächst glaubt er tatsächlich, dass sie aus Verlangen zu ihm zurückgekommen ist. Er will sie in seine Arme schließen doch sie wehrt ihn mit einem heftigen Stoß ab. Fassungslos starrt er sie an. „Wenn nicht mich, was willst du dann hier?" „Wie ich höre, erzählst du überall herum mit mir geschlafen zu haben. Ich werde nicht mehr dulden, dass du mich bei allen Leuten zur Hure machst." „Und was willst du tun, um mich daran zu hindern?" Mit einem diabolischen Grinsen sieht er sie an. „Willst du mich schlagen oder vielleicht umbringen? Ich werde mir von dir bestimmt keine Vorschriften machen lassen und weiter herumerzählen was ich will. Im Übrigen habe ich nur die Wahrheit berichtet. Oder bist du etwa keine Hure?" Mühsam zwingt sich Anne nicht mit beiden Fäusten auf ihn einzuschlagen. José spürt das und ist darauf vorbereitet einen Angriff von ihr abzuwehren.

Von draußen hört sie Männerstimmen und lautes Gelächter. „Dort warten meine Leute darauf zu erfahren was hier mit dir geschieht. Anstatt mich mit deinen lächerlichen Anliegen zu belästigen, solltest du dich lieber gut mit mir stellen. Oder willst du zum wehrlosen Opfer ausgehungerter Kerle werden, die nur darauf warten gnadenlos über dich herfallen zu können, wenn ich das nicht verhindere." José lässt ihr etwas Zeit, um sich auszumalen, was mit ihr geschieht, wenn diese Horde niemand mehr stoppt. Als er glaubt, sie genügend in Angst und Schrecken versetzt zu haben, nähert er sich ihr wieder mit seinem charmanten Lächeln, auf das sie in jener Schicksalsnacht hereingefallen ist. „Lass uns einen Neuanfang versuchen." Wieder will er seinen Arm um sie legen, um sie mit festem Griff an sich zu ziehen. Doch sie reagiert anders, als er erwartet hat. Statt ängstlich seinen Schutz zu suchen geht sie wie eine Furie auf ihn los. Außer sich vor Zorn schlägt, kratzt und tritt sie um sich. „Du elender Schuft. Genau wie du werde ich überall herumerzählen, was für ein Feigling und jämmerlicher Versager im Bett du bist, werde dich lächerlich machen wie und wo immer ich kann." Entsetzt und an mehreren Stellen blutend weicht er zurück. „Ich schwöre dir, dass ich dich zum Gespött der ganzen Gegend machen werde." Hilfesuchend reißt er die Tür auf. Mit letzter Kraft stößt er sie aus seinem Zimmer. Überrascht glotzen die einfältigen Männer auf ihren völlig aufgelösten, blutenden Patron und die vor ihnen auf dem Boden gestürzte Frau und versuchen zu begreifen, was geschehen ist.

„Ich bin fertig mit ihr. Ihr könnt mit der Nutte machen was ihr wollt." Seine Stimme überschlägt sich. „Amüsiert euch mit ihr, sie liebt es von rauen Gesellen wie euch gebumst zu werden." Noch immer rührt sich keiner. Anne springt auf. Sie spürt die wachsende Erregung der Männer. Mit gierigen Blicken aber noch sehr zögerlich nähern sich einige. der für sie besonders reizvollen *Gringa*. Lüstern starren sie auf ihren Körper. Obwohl sie erwarten muss jeden Moment von ihnen ergriffen zu werden behält sie erstaunlicherweise noch immer die Nerven. Aus dem Augenwinkel sieht sie José dicht hinter sich, um das zu erwartende Spektakel aus nächster Nähe zu betrachten. Vorsichtig tastet sie nach dem Revolver. Im nächsten Moment zieht sie ihn heraus, dreht sich blitzschnell um und presst ihn dem verdutzten José an die Schläfe. „Wenn mich einer von euch anrührt bekommt euer Patron eine Ladung Blei in den Kopf." Auch wenn sie leise spricht lassen Ton und Mimik aber keinen Zweifel, dass sie tun wird, was sie sagt. Wie gelähmt stehen alle da. Niemand hat damit gerechnet, dass sie eine Waffe bei sich trägt und noch weniger, dass sie so furchtlos und entschlossen damit umgeht. Schweigend und verwirrt beobachtet die Meute ihren Boss und wartet darauf, dass er ihr endlich die Waffe entreißt und dem Spuk ein Ende setzt. Doch kreidebleich und vor Angst erstarrt, sie könnte in jedem Moment abdrücken, ist José unfähig etwas zu tun. Stattdessen hören sie, wie er mit krächzender Stimme seine Leute fast anfleht, sie bloß nicht anzurühren und alles zu tun was sie sagt.

Bei ihrer Entscheidung, ihn in seiner Hacienda aufzusuchen, hatte Anne mit einbezogen, dass er alles andere als ein Held ist. Doch er übertrifft ihre Erwartungen bei Weitem. Noch viel größer ist aber das Erstaunen seiner Männer. Nie hätten sie gedacht, ihn plötzlich als den Feigling zu erleben, der dort vor ihnen furchtsam jedem Befehl gehorcht. Noch dazu den Befehlen einer Frau, was ihn in ihren Augen besonders lächerlich macht. Mit derselben bewundernswerten Kaltblütigkeit treibt sie den zitternden Mann zu ihrem Fahrzeug, Neugierig, was jetzt geschieht, folgt ihr die ganze Horde. Kurz bevor sie das Auto erreichen beschließt der *Capataz* die Gelegenheit zu nutzen, um seine Reputation wieder herzustellen indem er dem Patron zu Hilfe kommt. Als er seine *Machete* ziehen will, um damit Anne den Revolver aus der Hand zu schlagen, spürt auch er den kalten Lauf einer Waffe am Kopf. „Nicht so eilig! Halte dich da raus. Lass die beiden ihre Rechnung alleine abmachen." Hinter ihm steht Mario mit schussbereitem Gewehr. Als Anne ihn entdeckt ist sie unendlich erleichtert. Mit ihm sind Pablo und ein paar Männer gekommen, die sie nicht kennt. Es müssen wohl Freunde von ihm oder Mario sein. Pablo gibt einen Warnschuss in die Luft ab. „Seht zu, dass ihr hier verschwindet. Die Show ist zu ende. Nun habt ihr wohl genug von dem Mut dieses Großmauls erlebt, für den ihr arbeitet." Murrend und enttäuscht ziehen sich die Männer zurück. „Ich habe euch doch gesagt, mit dieser Frau ist nicht zu spaßen." Amüsiert und voller Schadensfreude hat Rosa zumindest den letzten Teil des Spektakels beobachtet. Mario und seine Truppe springen in ihre Fahrzeuge und begleiten Anne auf ihre *Finca* zurück. Sie ist völlig erschöpft. Im Halbschlaf muss sie plötzlich an ihr früheres Leben in Deutschland zurückdenken. „Ich muss im Supermarkt noch etwas zum Abendessen kaufen und den Biomüll herausbringen. Ob es heute etwas Spannendes im Fernsehen gibt? Vielleicht ein Krimi um die Entführung einer Frau in einem fernen Land…". „Was musst du…?" Sie öffnet wieder die Augen und erblickt Mario, der sich besorgt über sie beugt. „Ach nichts. Ich bin kurz eingeschlafen und habe nur geträumt. Vergiss es."

José haben sie einfach achtlos auf dem Boden seiner Hacienda liegen gelassen. „Dass wirst du mir büßen!" Kaum hörbar zischt er noch einmal: „Das wirst du mir büßen!" Dabei scheint er selbst nicht zu wissen, ob er Anne oder Mario meint. Es dauert keine zwei, drei Tage bis sich die Ereignisse überall herumgesprochen haben. So wie Anne als Heldin gefeiert und bewundert wird, ist er wie von ihr angedroht zum Gespött der ganzen Gegend geworden. Ein paar Tage später ist er spurlos verschwunden.

Alltag

Die Regenzeit hat wieder begonnen. Die kahlen, ockerbraunen Böden werden grün. Die Tiere müssen nicht mehr hungern. Lebende Skelette verwandeln sich wieder in Rinder. Vor Marias *Tienda* hält ein Geländefahrzeug. Eine blonde Frau in Reiterdress steigt aus und geht mit resoluten Schritten in den Laden. „Eduardo, wo bist du?" Der harsche Ton verrät, dass sie es offenbar gewohnt ist, Anweisungen zu erteilen. Ein diensteifriger Mann in mittleren Jahren eilt herbei. „Hast du mir die bestellten Sachen zusammengepackt? Lade sie bitte in das Auto. Vorher bring mir aber noch einen *Aguardiente*." Sie setzt sich an einen der Tische unter dem Wellblechdach. „Hilft Dir Gloria nicht mehr?", ruft sie ihm zu, während er ein paar Kisten zu ihrem Fahrzeug schleppt. „Nein, kurz nachdem ihre Mutter nach Deutschland gegangen ist, ist auch sie weggezogen.

Keuchend tritt er an ihren Tisch. „Und Sie, haben Sie etwas von Maria gehört?" „Wieso sollte ich?" Sie blickt ihn unwirsch an, und verlegen beeilt er sich um eine Erklärung. „Ich dachte nur, da Sie aus Deutschland sind... und Ihr Ehemann..." „Ich habe keinen Ehemann mehr! Du weißt doch, dass ich hier alleine lebe!" Ihr frostiger Ton erschreckt ihn. „Ich meine natürlich, Ihren ehemaligen Ehemann." „Ich habe nichts mehr mit ihm zu tun. Und ob Maria es noch in Deutschland aushält, weiß ich nicht und interessiert mich auch nicht. Sag mir lieber, was ich dir schulde." Sie macht deutlich, dass sie nicht weiter darüber sprechen will. Schnell wechselt er ebenfalls das Thema. „Ach, fast hätte ich es vergessen, Mario hat mich gebeten, Ihnen auszurichten, dass er morgen aus Bogotá zurück sein und Sie so bald wie möglich besuchen kommen wird." Aufmerksam schaut sie ihn jetzt an. "Hat er sonst noch irgendetwas gesagt?" Er überlegt. „Nein, nichts. Er hat mich nur noch gefragt, ob ich etwas von José gehört habe." „Und, hast du?"

„Nein, nichts. Er hat sich bei mir nicht mehr blicken lassen. Seine *Hacienda* soll ziemlich verwahrlosen. Der *Capataz* hat eine neue Stelle gefunden und einige seiner Leute dorthin mitgenommen. Nur die alte Haushälterin Ist noch geblieben. Ich glaube sie heißt Rosa. Ich habe aber keine Ahnung, wer die *Hacienda* nun eigentlich verwaltet. Nach dem, was ich höre, weiß jedenfalls niemand wo José abgeblieben ist. Allerdings gibt es ein Gerücht, nachdem Mario noch einmal mit ihm zusammengetroffen sein soll bevor er endgültig verschwunden ist." „Hast du ihn darauf angesprochen?" „Ja natürlich." Jetzt hängt sie an seinen Lippen. „Was hat er dazu gesagt?" „Nicht viel." „Sicher sind sie sich heftig in die Haare geraten?" „Vielleicht." Er zögert und will ihr ganz offenbar nicht alles erzählen, was er gehört hat. Doch sie bohrt weiter. „Streit um eine Frau? Eifersucht?" „Vielleicht." Vergeblich versucht er, ihren Blicken auszuweichen. Schließlich ringt er sich doch noch zu einer letzten Bemerkung durch. „Eigentlich hat mich Mario gebeten, nicht darüber zu reden und Sie müssen mir versprechen ihm nichts zu sagen." „Versprochen" „Ja, sie haben sich wohl irgendwo getroffen und erbittert gestritten. Natürlich ging es um Sie. Auch er wisse nicht, wohin José nach der Begegnung gegangen ist. Er ist sich allerdings sicher, dass er nie wieder in diese Gegend kommen wird." Nachdenklich geht Anne zu ihrem Wagen. Mehr wird sie nicht aus ihm herausbekommen. Warum will Mario nicht, dass sein Treffen mit José bekannt wird? Vielleicht will er die Angelegenheit damit endlich vergessen können. Was immer geschehen ist, jedenfalls hat sie mit dem Verschwinden von José erfreulicherweise ein gewaltiges Problem weniger. „Vielen Dank, Eduardo!" *„Hasta la próxima, Señora"*! „Bis zum nächsten Mal, *Señora!*" Sie startet den Motor und winkt ihm zu. Eduardo schaut ihr nach. Die Silhouette ihres Fahrzeugs vor dem hellen Himmel am Horizont wird kleiner und kleiner, um sich schließlich ganz in der Weite der Wildnis zu verlieren.

Natürlich hatte Anne immer wieder über Paul, Maria und sich nachgedacht und ihr war dabei endgültig klar geworden, dass ihre Beziehung mit Paul keine Zukunft mehr haben konnte. Von beiden Frauen angezogen und an sie gewöhnt, wollte er sicher nicht wahrhaben, sich von einer von ihnen trennen zu müssen. So hatte er sich um eine Entscheidung gedrückt und einfach willenlos treiben lassen. Doch auch wenn sie und Maria sich heute in vielem ähnlich waren, gab es einen entscheidenden Unterschied: Maria war zwar von vielen Jahren der Selbstständigkeit, Unabhängigkeit und Abenteuern geprägt, aber sie hatte nie danach gestrebt, wie Anne es nun tut. Im krassen Gegensatz zu ihrer Rivalin sucht sie stattdessen Schutz und Geborgenheit und gewann ihn damit letztlich für sich.

Wenige Tage nach dem Eklat jenes Abends war Anne endgültig auf die Finca umgezogen. In Bogotá gab es nichts, was sie dort noch hielt und Deutschland gehörte für sie zu einem fernen, längst abgeschlossenen Kapitel ihrer Vergangenheit. Ihre neugewonnene Freiheit hier war zu ihrem Leben geworden und niemand kann von ihr verlangen, ihr Leben aufs Spiel zu setzen. Deutschland? Bedrückende Enge, ernste, verbissene Gesichter, wo immer man sich bewegt strikte Regeln, Konventionen, Zwänge, Verbote … Deutschland, das ist doch ein schreckliches Land!

Ganz anders als sie hatte Paul das wachsende Bedürfnis verspürt, in seine alte Heimat zurückzukehren. Seine Sehnsucht nach Sicherheit und Ordnung war in letzter Zeit immer stärker geworden. Oft träumte er davon, wieder so zu leben, wie er vor seinem ersten Einsatz in Kolumbien gelebt hatte. Am liebsten hätte er alles wieder so, wie es damals war und dafür auf alle Abenteuer verzichtet. Er war deshalb keinesfalls unglücklich, als die Firma schließlich doch einen Nachfolger für Alfonsos Stelle fand und ihn nach Deutschland zurückbeorderte. Allerdings war da Maria, die ihm den Abschied von Kolumbien schwer machte. Der Gedanke, sich von ihr trennen zu müssen erschien ihm unerträglich. Noch einmal verbrachte er ein Wochenende mit ihr. Bis in die tiefe Nacht saßen sie vor ihrer Hütte. Regen trommelte auf das Wellblechdach. Die letzten Gäste waren längst gegangen und Gloria war für ein paar Tage wieder zu irgendwelchen Freunden oder Verwandten gefahren. Sie waren allein. Nach seiner dramatischen Entscheidung nicht Anne, sondern Maria zu folgen, hatten sie viele herrliche Stunden und Tage gemeinsam verbracht. Maria hatte geglaubt, endlich ihr großes Glück gefunden zu haben. Sie konnte es nicht fassen, dass das alles nun wieder zu Ende sein sollte. Keiner von beiden machte sich Illusionen darüber, dass ihre Verbindung halten würde, wenn er das Land erst einmal verlassen hatte.

Im Busch schrie ein Tier gellend auf. Obwohl sie an die Geräusche der Wildnis gewöhnt war, stieg in Maria auf einmal eine unerklärliche Furcht auf. Vergeblich versuchte sie, irgendetwas in der Dunkelheit zu erkennen. Noch ein markerschütternder Schrei. Er spürte ihre Angst und nahm sie schützend in seine Arme. Beruhigt drückte sie sich fest an ihn. Mit ihren großen Augen sah sie ihn zärtlich und dankbar an. Unaufhörlich rauschte der Regen in den Blättern der Büsche und Bäume. Doch die Welt um sie herum schien sie nicht mehr wahrzunehmen. Plötzlich rang sich Paul zu einer schwerwiegenden Entscheidung durch. „Warum willst du eigentlich nicht mit mir mitkommen? Wir könnten es doch wenigstens versuchen, ob du auch in einer Stadt und in Deutschland leben kannst!" Wieder drang ein Schrei aus dem Busch.

Diesmal hätte er auch von ihr sein können, doch sie flüsterte nur kaum hörbar: „Ich bin sicher, ich kann überall leben, wenn du nur bei mir bist, *mi amor.*"

Der Abschied von Anne verlief weit nüchterner. „Pass keine auf dich auf!" „Du auch." Kein Streit, keine Vorwürfe, keine Tränen. Über die finanzielle Trennung waren sie sich schnell einig, da Anne zu seinem Erstaunen auf Unterhalt keinen Wert legte und auch auf Vermögensbeteiligungen verzichtete. Sie wollte keine Abhängigkeiten mehr, sie wollte nur eins: *La Añoranza*, die Sehnsucht behalten. Noch bevor er nach Deutschland zurückflog, hatte Paul tief erleichtert für die schnelle Umschreibung des Eigentums gesorgt. Grübelnd saß er dann im Flugzeug. Eine Farm in Kolumbien zu kaufen! Er musste total verrückt gewesen sein.

Manfred Hoffmann. *Geboren 1950 in Berlin. Als Seeoffizier der Bundesmarine, Freelancer in der außenpolitischen Redaktion des ZDF, weltweit eingesetzter Rechtsanwalt und Troubleshooter für einen Industriekonzern und dreißig Jahre für die deutsche Außenwirtschaftsförderung in offizieller Mission an wechselnden Orten in Lateinamerika und Asien stationiert, gehört er zu den Nomaden unserer Zeit. Seine Aufgaben, Reisen und Recherchen führten ihn an ungewöhnliche Plätze und ließen ihn zahllose ausgefallene Schicksale miterleben. Inspiriert von seinen Begegnungen und Erlebnissen, widmet er sich nunmehr fiktiven Geschichten, die in jenen Weltgegenden spielen, in denen er so viele Jahre verbracht hat. Er lebt heute in Berlin und Spanien, ist verheiratet und hat zwei Söhne.*

Weitere

Publikationen des Autors

Abenteuer in Übersee

Vier Geschichten erzählen von Leidenschaft, Gewalt, Sehnsucht und Begierde; von Abenteuern auf See und in tropischer Wildnis; von menschlichen Schicksalen vor exotischer Kulisse. Mit den Schauplätzen der Handlungen in Asien und Lateinamerika nicht nur eng vertraut, sondern im Laufe der Jahre von dort auch stark geprägt, bürgt der Autor für besondere Authentizität.

Tropenschwüle

Roman

Tropenschwüle

1

Tom wird Leiter der Niederlassung eines deutschen Unternehmens in Asien. Jung, dynamisch und tief von sich selbst überzeugt, glaubt er fest daran, die Welt verändern zu können. Erfahrung hält er dazu für unnötig. Doch als Gerüchte auftauchen, Waffenschmuggler infiltrieren sein Unternehmen muss er schmerzhaft lernen, wie sehr er sich geirrt hat. Alle Versuche herauszufinden, was wirklich geschieht, scheitern. Doch er gibt nicht auf. Ohne zu ahnen, auf was er sich einlässt, folgt er dem Rat, einmal mit einem der Schiffe mitzufahren, die die abgelegenen Außenposten seiner Firma anlaufen, gerät er in die Fänge einer schamlosen Frau und wird zum Opfer von Intrigen. Ein Konflikt mit einem Besatzungsmitglied kostet ihn fast das Leben. Endlich führt ihn jedoch eine geheimnisvolle Küchenhelferin auf die Spur der Schmuggler. Je mehr er weiß, desto größer wird allerdings das Risiko, von ihnen aus dem Weg geschafft zu werden. Schließlich bleibt ihm nur noch die Flucht. Die Ereignisse haben ihn zutiefst verändert, doch die Welt ist dieselbe geblieben.

Schreie über dem Stillen Ozean

Roman

2 Schreie *über dem* Stillen Ozean

Tropisches Südamerika. Claudia, behütete Tochter aus reicher Familie, gerät in die Fänge brutaler Banditen und wird in ein Bordell in der Hafenstadt Buenaventura verschleppt. Traumatische Erlebnisse drohen sie zu vernichten. Gerade noch rechtzeitig erkennt sie, dass sie nur überleben kann, wenn sie bereit ist, dafür zu kämpfen. Wild entschlossen über ihr Schicksal wieder selber zu bestimmen, bricht sie mit ihrer Herkunft und passt sich dem von Gewalt und Begierde geprägten Umfeld an. Skrupel oder Scham scheint sie nicht mehr zu empfinden. Doch bei einem abenteuerlichen Fluchtversuch in eine Urwaldsiedlung an Kolumbiens einsamer Pazifikküste erlebt sie wieder eine andere, ihr bislang ebenfalls unbekannte Welt. Angezogen von dem anspruchslosen, aber dennoch heiteren Art und der Herzlichkeit der Küstenbewohner stellt sie ihr bisheriges Leben erneut infrage. Ihr Elternhaus ist ihr endgültig fremd geworden, eine Rückkehr undenkbar. Sie muss eigene Wege gehen.

Träume Tropen

Geister

Roman

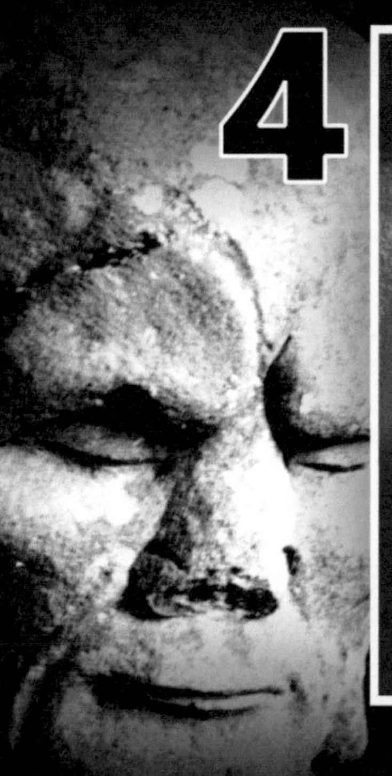

Rätselhaftes Asien. Auf der Suche danach, was er in den ihm noch verbleibenden Jahren tun will, reist Neurentner Karl nach Fernost. Getrieben von der Angst im Leben etwas verpasst zu haben, träumt er von Exotik und Abenteuern. Kaum in Japan angekommen, scheinen Geister mit ihm zu spielen. Anders für ihn nicht zu erklären, verfällt er einer mysteriösen Frau noch bevor er ein Wort mit ihr gesprochen und sie nicht einmal richtig gesehen hat. Sie stellt sein Leben auf den Kopf. Unter bizarren Umständen folgt er ihr auf ein dubioses Schiff und reist durch die tropischen Gewässer Südostasiens. Menschenhändler nutzen den Seelenverkäufer, um von dort Frauen als Prostituierte illegal nach Japan zu holen. Trotz aller Gefahren hat Karl allerdings nur Augen für seine geheimnisvolle Begleiterin. Er verliert sich in Träumen, doch die Realität holt ihn immer wieder ein. Dabei gelangt er zu überraschenden Erkenntnissen.

Deutsche
und andere
Exoten
Sachbuch

Manfred Hoffmann
Deutsche
und andere Exoten
Begegnungen in Übersee
Beobachtungen des Autors aus drei Jahrzehn-
ten auf Posten in Asien und Lateinamerika.
Lebendig, hintergründig, kritisch, humorvoll.
Ein von den Romanen und zahlreichen Bildern
flankierter, ungewöhnlicher Insider-Report.